GAEA

Gaea

案簿錄・浮生 卷四

窺視

のぞきみ。

護玄——著

窺視

案簿錄・浮生 卷四

目錄

人物介紹

浮生工作室
虞因
擁有陰陽眼的社會新鮮人，有些愛玩，但對需要幫助的人很友善。厭惡沒道理的事情。

浮生工作室
言東風
圖形、記憶、分析能力極強。說話毒，但很珍惜身邊的人。喜歡安靜、雕塑，厭惡太吵的人。

浮生工作室
少荻聿
語文、閱讀、記憶能力強。沉默寡言，不太與人往來。喜愛甜點、烹飪。厭惡豌豆。

方曉海
阿方的妹妹，性格暴烈衝動，但對好人非常和善。喜歡飲料、冰涼食物，厭惡各種賤人。
阿方
阿因朋友，很會照顧人，平日溫和，但觸犯到禁忌會立刻變凶狠。喜愛運動，厭惡白目的人。
一太
看似隨和，經常掛著笑，卻讓人猜不透在想什麼，行事俐落果斷，有時隨心所欲。
李臨玥
阿因青梅竹馬，美麗也有腦袋、主見。喜歡換男友、購物，厭惡不乾不脆的人。

人物介紹

虞佟

阿因大爸。隸屬刑事組行政單位。
溫和穩重且有禮的娃娃臉熟齡男子。
喜歡家人，厭惡傷害家庭的人。

虞夏

阿因二爸。刑事小隊長。
個性暴躁，拳腳功夫了得。喜歡打
擊犯罪，厭惡靠關係的混蛋。

玖深

隸屬鑑識科。
有點慌慌張張，在自身專業上認真仔細。
喜歡熱鬧玩耍，恐懼不科學的東西。

黎子泓

檢察官；東風學長。
認真溫和，看似嚴肅實則懂變通。
喜歡各種遊戲，單機為主。

嚴司

法醫。表面玩鬧人生，對身邊的人卻很好。喜歡講幹話、美食、八卦。

小伍

刑警。熱血小警察。
喜歡懲奸除惡和女友，
厭惡愛靠杯的犯人。

細小的聲響傳來。

像是什麼長形生物遊走而過，腳足在桌面一點一點。

「還不到時候……」

涼薄的嗓音跟在生物後。

還不到時候。

很快、很快就能完成願望。

期盼的目光慢慢加深，只要完成的那一天到來，就能心想事成了吧。

出神地想著勾勒好的未來，門鈴聲隨之響起。

「你來啦……」

1

他凝視著幾步遠的小女孩。

看著約莫是三、四歲的年齡，穿著一襲粉藍色小洋裝，坐在店家設立在門外的木座椅上晃著雙腿，有些曬黑的小臉蛋專注地舔著手上的霜淇淋，彷彿現在這世上最重要的就是即將融化的甜點。

左右並沒有看見女孩的家長，但依照所在位置，可以猜想得出她的父親或母親正在一門之隔的店內……按照店家屬性判斷，多半是母親，櫥窗內也確實有兩名女子頻頻望著女孩。

這條街上路人不算太多，但仍有路人零星來往，五分鐘內他至少看見兩組情侶、一位走路慢吞吞的阿嬤，和一名邊看手機邊小跑步的上班族經過，兩側商店都正營業，並不算偏僻，所以母親很放心地讓孩子在外面吃霜淇淋。

再度看了看開始咬下霜淇淋餅皮的小女孩。

他其實認得這對母女，應該說他幾乎每天都會與他們見面，除了小女孩，他們家裡還有八歲的小哥哥和朝九晚五的公務員爸爸，非常典型的四人小家庭，子女雙全。

兩夫妻打算讓小女兒從中班開始讀，所以女孩還未上幼稚園，經常寄放在奶奶或外婆家代爲照顧。今天是母親的排休日，難得母女享有一小段親子時間，女孩剛剛在店裡待得無聊了，吵著要在門口高高的椅子上吃霜淇淋，於是媽媽帶著小孩到隔壁超商買了霜淇淋後，就讓孩子在門口愉快地享用戰利品。

因此，這孩子一直沒發現自己的東西丟了。

低頭看著手上的小玩具，這成人手指大小不到的廉價玩意兒，在女孩出門沒多久就從口袋掉落在斑馬線上，可憐兮兮地經歷過一次輪胎的輾壓，竟然還命硬地沒有變形。

他再次朝四周張望，現在沒有路人了，兩旁店家的店員也都各自在整理店面商品。

女孩吃完霜淇淋，取出濕紙巾幫自己擦擦手。

是個很完美的時機。

他遲疑幾秒，覺得沒有更好的機會了，按了幾次帽子確認不會掉下來，才慢吞吞地走向女孩，半傾下身朝她伸出拳頭，張開掌心，露出怪模怪樣的小玩具。

店內的媽媽和店員第一時間便注意到有人靠近小孩，兩人匆忙走出，正好聽見女孩的歡呼。

「小可愛！」女孩接過小玩具，開心地捏了捏這一度被她遺忘的可憐東西，她掏掏口袋，這才發現口袋裡什麼都沒有。「原來掉了，謝謝叔叔。」

小女孩轉頭，對著母親喊「馬麻小可愛撿回來了」。

母親頓了下，連忙開口：「謝謝啊謝謝，我們都沒發現玩具掉了，妹妹很喜歡這個。」

他匆促地朝兩名成人點頭，抓抓腦袋，在冷汗冒出來前趕緊沿著街道離開。

可以，完成任務了，時機很完美。

小孩子還是一樣可愛，媽媽也很有禮貌，那下回他再偷偷告訴他們，其實外婆有時候在家裡照顧小孩時，會偷偷掐小女孩好了。

畢竟這些朋友都很友善，大家每天都會照面，互相幫忙。

他悄然地哼著歌，繼續原定計畫去買一小塊蛋糕，替另一位朋友慶祝，今天可是她的生日，她昨天才被老闆罵了，肯定是要買個好吃的東西讓自己開心一下。

那麼就一個黑森林蛋糕好了。

很快就買到預想中的小蛋糕，甚至難得地買了杯加大的手搖飲，他趕在學生放學之前回到家裡。

把小蛋糕和飲料推進冰箱，取出調理包放進微波爐，習慣性將桌上的小盆栽轉了兩圈，接著打開電視，再側身輕輕撥開一邊的窗簾，調整架在窗邊的望遠鏡倍率，終於趕在學生進門之前準備好。

望遠鏡另端的大樓大門被推開時，開啓的電視裡也傳來一句溫柔的中年婦女嗓音：「回來啦？冰箱有綠豆湯，不要喝太多，等等要吃晚飯了。」

玄關處踢著運動鞋的少年發出歡呼聲，甩掉沉重的書包直撲冰箱，接著捧著一個小碗坐到客廳玩手機。

站在廚房裡的母親又問了幾句學校今天如何的話，一會兒便聽到少年說了幾句班上的八卦，大約是班上的誰交女朋友、誰躲在校車上接吻被學校抓個正著、哪班有人劈腿分手，還有英文老師又怎麼發飆云云……

爐上的燉肉小火烹煮著，與此同時，微波爐裡早已熱好的餐食傳來陣陣無趣的香氣。

一如往常的溫馨。

接著他再次轉動望遠鏡，按照順序到了下一個家。

那裡的男性主管今天放假，每天上班前都會把自己打理得乾乾淨淨、永遠一身菁英套裝示人的青年，假日時其實呈現著擺爛姿態，穿著家居服趴在床上，周遭一圈書籍和散亂文件把他圍出個「人」形輪廓，恐怕他的客戶或公司同事老闆見到他這種狀態都會大吃一驚。

接著是下個房間、然後再下一個。

最終，轉到了「她」的家。

□

空氣相當悶熱。

不知是否這幾年氣候異常，氣溫經常不符季節地出現不太對勁的變化，就像人心一般，難以捉摸。

「民宿？」

林致淵扶了下耳麥，同時聽見手機通話另外一端傳來略微訝異的聲音。今天大半天沉悶的課程和處理某些事務造成的憂鬱心情逐漸好轉，於是他一邊敲著電腦鍵盤，一邊愉快地繼續與另端的學長聊八卦。

「對，很難想像對吧，我本來也以爲周大師的正職工作應該是比較嚴肅的那種，但上禮拜週末我去找他時，才發現他竟然在經營民宿，而且還佔地半座山……下次大家可以一起去玩，那裡風景滿不錯的。」

這件事情是上次周震協助韓時琮家裡鬧阿飄一案的後續。

徐憶蓉與她的小哥哥案件底定後，周震作爲被韓家找上的大師，前前後後又去替他們檢查了兩次小哥哥的新家有沒有搬好，加上林致淵原先找大師協助的另外一件自撞案，使周震近期來訪率變高，幾個人開始慢慢熟絡起來。

上週學校放假，林致淵一早要拿相關物品去大師家，結果被不在家的周震喊去了工作的地方，這才發現外表長得很嚴肅、嘴又撿到槍的大師，正在修繕自營的民宿小設施。

「沒想到『周大師』眞的是兼差啊。」林致淵感嘆地說。他上週六也在周震面前說了這句話，差點被勃然大怒的大師踢出門。

「……我比較意外他的民宿竟然沒倒。」通話另端傳來毒舌的感想。

「大師的民宿還很有名喔，我查過網路，評價很好，已經預約到明年了。」林致淵對這點更意外，不過在評語裡看見「解決了糾纏半生的問題」、「擺脫背後陰影和冤親債主」、「找到遺產」……之類的感想，客群亂七八糟，就覺得這民宿大概也不是很正經。

這根本和學長們的工作室半斤八兩嘛！

值得一提的是，民宿另一面的半座山就是大師口中的寺廟古剎，佔地廣大、比鄰而居，不過寺廟位置更高，加上有部分長年籠罩在山嵐間，很有位於雲端與世隔絕的仙氣飄渺感。

通話那端冷冷一笑，不予置評。

敲下最後一個按鍵，正要接收檔案的林致淵看著電腦螢幕突然一跳，轉跳出幾個影片畫面，原本帶著微笑的表情慢慢沉下。

上午第四堂課，學校電腦教室空堂沒有使用者，他憑著學生會和一些亂七八糟的學生代表身分向老師借用空教室，如同先前幾次一樣，趁無人時快速整頓手上的數據。

然而今天似乎出現意外的收穫。

「怎麼了？」通話的另一端聽見本來規律的鍵盤聲停下來，不免多問一句。

「學長，你現在忙嗎？」林致淵按了按額頭，看著意外出現的影片與畫面上的熟人。

手機的另端——東風，並沒有立刻回答，似乎是在處理手上的事務，幾秒後才開口：「現在可以了。」

林致淵將螢幕上的影片和網頁截圖轉傳給對方，接收端一陣沉默，他邊敲著鍵盤邊說：「我聯絡幾個朋友，應該可以把影片撤掉，但是看時間點，十之八九已經擴散出去，大概要另外想辦法。」

「……知道，謝謝。」東風的聲音並沒有太多起伏變化，略微思考半晌，才繼續回應：

「檔案都確認好了嗎？」

他們兩個之所以會這麼難得地掛著聊天，是半小時前林致淵先撥出語音通話開始——林致淵因爲身兼宿舍長與各種長，累積出一堆五花八門的學生問題，其中有幾個檔案亂碼、十幾個打不開的歷史資料和報告；有的可以勉強修復，有的搞不出來，只好求救於聿和東風。

一早先看到江湖救急的是東風，大概是作爲近期林致淵幫了不少忙的回報，順手就把那些殘廢檔案收下來一一復原。

看見東風留言說可以來回收檔案，林致淵就直接撥出通話，邊想些有趣的話題讓對方不那麼無聊，邊接收那些修復的文件確認。

「好了！最後一份也沒問題，謝謝學長，下次我請你吃飯！」林致淵邊清除學校電腦上的使用痕跡，同時打起精神，帶著笑意回答。

「小事。」

確認完檔案後，東風飛快掛掉通話，可能對於開口聊天這個行爲的容忍度已到達極限，完全沒有留戀。

林致淵笑了笑，正要拿下耳機時猛地瞥見人影，他心裡一冷，立即扭頭，看見不知什麼時候進到電腦教室的人。

「嚇我一跳。」放鬆有點緊繃的動作，林致淵重新勾起笑容，與走進教室的人對視，「戴凡學長，你進來都沒聲音。」

無聲踏入教室的高戴凡依然頂著冷淡無溫的臉，略有點意外地挑眉，接著抬抬手上的隨身碟和教室鑰匙。「我臨時被老師拜託處理個檔案，電腦教室比較近，所以過來借用，你怎麼在這裡？」

「……積陰德。」林致淵拍拍桌上的幾本文件夾，上面印著學生會、宿舍和班級的字樣，中間還有幾張亂入的教師公文。

高戴凡笑了聲，似乎認為學弟無奈的表情很有趣，漫步走到旁邊的電腦開機，順便將手上的鋁箔包按到學弟腦袋上。「給你。」

林致淵拿下鋁箔包，發現這位學長似乎對這類飲料情有獨鍾，可能是很方便藏在身上，時不時就會掏出一瓶。今天的是蘋果汁，居然還是半冰，顯然離冰箱不久。「電腦教室不能飲食啊。」

「你可以去門口喝一下，不介意的話待會兒一起吃個午餐。」高戴凡很快地開啓隨身碟裡的檔案。其實很簡單，只是ＰＰＴ圖片要改個小地方，老師白天上課時發現有誤，但連續有課來不及修改，就找正好路過的學生替他處理，約莫五分鐘可以弄完的事。

快速處理完簡報，並把檔案寄至老師的信箱後，高戴凡看看時間，偏頭看向喝完飲料已在收拾東西的學弟，淡淡一笑。「還有二十分才下課，現在過去剛好可以買到限定特餐。」

學校餐廳某個店面有被票選爲最物超所值的限定特餐，物美價廉還很好吃，每次一到中午就會塞爆人潮，不到半小時便完售。可怕的是，競爭者不只在校學生，還有外面慕名而來的民眾與畢業生，因此前陣子引起了在校生抗議，希望經營店家可以看學生證賣餐，沒有學生證的不能買之類的，發起一波熱烈投票。

店家其實也深受其害，明明他們校外附近就有餐廳店面，舒適寬敞座位多，學校店面只是個小櫃台，還得和學生人擠人；但偏偏那些校外人士就是喜歡來搶校內的特餐，而不是去人手更足、可提供更好服務的校外店面。最後店家從善如流地應學生要求改爲校內特餐必須持學生證購買，並且貼了公告在店面窗口上，請校外人士轉往外面經營的餐廳。

結果那陣子還被罵了一輪，連餐廳的負評也冒出一堆，大抵就是餐廳姿態太高，竟然不讓人在學校餐廳買東西，硬逼人去外面購買，圖利外面餐廳。

那位餐廳老闆差點就被氣笑，明明都是同個老闆，特餐內容、價錢也一樣，他是圖利外面個屁。

這倒楣事情鬧了大半個月，才終於平息。

總之沒有拒絕的理由，加上剛剛喝人嘴軟，林致淵把剩下的東西往背包一塞，兩人便一起往學生餐廳走。

雖然還沒下課，不過臨近中午，剛起床或沒課的學生依然很多，餐廳內早塞入不少人，幸虧空座位尚有過半。

快速尋找一處風水較好的雙人座、放好水瓶佔位，他們便走向已小排了點隊伍的特餐櫃台窗口。

吊掛在窗口邊的大電視正在播放新聞，林致淵不經意抬頭，看見電視台在播報昨晚有民宅遭小偷的事件，地點居然也在中部。不過遭竊民宅損失不大，只說了小偷還沒抓到，要附近居民多注意居家安全，很快就又進行下一則新聞。

「上個月好像也有幾個遭小偷的新聞，一樣在我們這邊。」站在旁邊的高戴凡突然開口：「其中一件被屋主發現，小偷打傷屋主逃逸，不知道抓到沒。」

林致淵有點意外地把視線放到旁邊學長身上，「最近上新聞的小偷有點多啊？」

「嗯，家裡記得鎖好門。」知道學弟其實是本地人但住宿，高戴凡隨口提了句。「前段時間闖空門和偷竊的不少，只是多數沒上新聞。」他想想又解釋，會知道這些是他和經營頻道的朋友去商店街拍攝，和一些店家閒談時得來的情報。

那種損失很低的偷竊案通常不會上新聞，除非真的沒什麼可報才會拿來塡時間。

林致淵點點頭道謝，注意力重新放回新聞。又是一起救護車出勤過紅燈時遭撞的事故，高速撞上救護車的車主正氣勢洶洶地辯解他的名車隔音太好沒聽到救護車鳴笛，救護車爲什麼要闖紅燈害他撞到云云。

「會不會覺得這種人在瀕死時，載著他的救護車最好把紅燈停好停滿呢。」高戴凡冷冷地勾起唇，一起看著新聞畫面上凹了一個大洞的救護車。

高頂救護車沒有翻車、還有迴避的動作，可見救護車過紅燈當時速度有刻意減緩，但還是防不過民眾不減速一頭撞上來。

「希望他們一輩子別有需要被救的時候吧。」林致淵搖搖頭。有些人確實被過度方便的社會慣壞，早已遺忘得不到救援時的恐慌，便也逐漸拋棄所謂的同理心與道德。

「你不希望他們眞正試試這種滋味嗎？」高戴凡再度笑了聲，隨手搭在學弟的肩膀上，閒談般地說。

林致淵收回視線，雖然有點奇怪爲什麼要重複這類問題，還是回答：「我不會希望誰突然遭遇無妄之災，即使那是個腦殘。」

「眞乖。」高戴凡拍拍學弟的腦袋，往前走去點餐。

「……請不要拍頭好嗎！」林致淵有點怒地耙了耙被摸亂的頭髮。

是想顯得他很矮嗎可惡！

□

正午時間，餐廳裡的人幾乎爆滿出來，林致淵和高戴凡早一步吃飽，避開最擁擠的高峰，滿足地離開餐廳。

林致淵打算去趟學生會把紙本檔案丟回去，然後回宿舍補眠；高戴凡則是傍晚要去拍攝一些素材做影片，下午沒有其他事。

「你下午如果不睏要來我這邊打工嗎？」高戴凡發出了打工邀請。「幫忙處理一些影片，錢雖然不多但包晚餐。」

「不不不我很睏。」林致淵秒搖頭，他不知道學長從哪得來他不睏的結論，昨天半夜他又去逮智障，現在根本睏得要命好嗎，如果不是不喜歡蹺課，說不定今早就整個睡過去了呢。

「可惜。」

「……放棄吧學長，你有千千萬萬的粉絲可以幫忙，不要把念頭打到我身上。」林致淵感覺有點無言，再次認爲這些人是不是看他長得很像冤大頭，什麼亂七八糟的事情都想往他身上推，難道他眞的有張過勞臉嗎？又或者是一太學長給人萬能的印象過於根深柢固，讓大家直接套用到他身上。

不要啊！

他只是個單純無助弱小渴望睡眠的普通學生。

如果時間可以倒轉，他希望高中的自己不要那麼多事，這樣就不會被學長抓交替了。

越想越萎靡，林致淵嘆了口氣，想發訊息給一太學長或阿方學長，讓他們知道自己的遺害是如何荼毒後輩。

「喝什麼？」

「什麼？」

問句太過突然，林致淵沒反應過來，抬頭時只見右側邊有東西往他撲來，他在那瞬間神經繃到最緊，反射性擋住旁邊的高戴凡，另手就想把衝來的東西揮倒。

然而什麼都沒有，他只抓到一把空氣，剛剛看見的東西就像幻覺一樣，並不存在。

「小淵？」高戴凡看著學弟，露出疑惑的神情。

「……我覺得應該是睡眠不足眼睛都花了。」林致淵收回手，回頭才注意到他們兩個站在飲料機旁邊，高戴凡剛剛在問他喝什麼，手上還有幾枚沒投進去的零錢。

「那咖啡吧。」高戴凡接上剛剛的詢問。

「果汁或水吧，求你當個人。」咖啡灌下去他都不用補眠了。

高戴凡笑了聲，轉過去投飲料。

林致淵左右張望半晌，附近來來往往都是休息或是要去餐廳覓食的師生們，確實沒有要撲他們的東西。

所以果然是錯覺？

但剛剛的感覺不像假的，要不然就是他真的疲勞到神經錯亂，才會有這麼真實的幻覺。

一陣冰涼按到他臉上。

「學長您可以改掉這個把東西往人臉上擼的習慣嗎。」拿下冰涼的礦泉水，林致淵無言地放到脖子邊，消除正午的燥熱。

「看你在發呆，讓你回神。」高戴凡晃晃手上的咖啡，示意也可以換成這種。

「嗯，這個神應該足夠我去繳完東西再回去睡……」

「小淵！戴凡學長！」

林致淵還沒說完就被一道清亮的聲音打斷，兩人回過頭，看見在不遠處的是稍微有點陌生的女孩，因爲戴著口罩和漁夫帽，不太好辨識，對方似乎有點焦急，小跑步著往他們這邊過來。

他努力回想片刻，才終於在某個記憶角落挖出對方的身分。「林學妹？」會讓他隱隱有印象是因爲對方與自己同姓，以及名字、特殊身分。

……等等，爲什麼這學妹喊自己暱稱，明明比自己小？

「粼粼。」高戴凡朝對方點了個頭。

這位學妹全名叫林粼粼，不知道父母取名那時是怎麼想的，直接給她三個同音字，從小到大的綽號都擺脫不掉三個零。然而這對思路奇特的父母還給了她一張超美的面孔，本來聽起來有點搞笑的名字在她小學被挖去當小模特之後，居然成爲相當有特點的名字，學妹也乾脆不改了，本名同藝名，粉絲們喜愛稱她小圈圈。

林粼粼國中就開始經營自己的影音頻道和社群，爲人率性大方，頻道主要介紹平日穿搭、彩妝和一些拍攝前的台下花絮，另外就是一些美食打卡等等生活分享，人氣不低。

林致淵幫忙迎新時和學妹有過一面之緣，當時學生會的朋友多提了兩句這是大網紅，介紹他們互相打個招呼。他本人有點顏控，當下多看了兩眼，然而系所不同、上課的教學大樓

也不同，後來完全沒有交集。

所以這位學妹突然喊住他們，並且直呼自己小名，林致淵是有點訝異的，但很好地掩飾住，沒有表現出來，只是禮貌性地點了頭。

「啊，不好意思，因為我有個好朋友和你同宿舍，我常聽他提到學長時用『小淵』這個暱稱，便習慣學長就是小淵了，不小心脫口而出。」林粼粼意識到自己剛剛的喊人太突兀，還有極大裝熟嫌疑，連忙歪頭道歉。

「沒關係。」林致淵也不介意，微笑了下。比起他，學妹和高戴凡顯然是真認識，兩個經營頻道的同行熟絡地聊了幾句，都是網紅們的話題。從對話裡可得知高戴凡前段時間邀請過學妹拍影片，不過當時學妹有一連串活動，時間衝突，只能有機會再約。

兩人聊著聊著，話題突然轉回林致淵身上。

「其實我一直對小淵學長很好奇呢，可惜你們是男宿，聽說小淵學長常常徒手逮智障，還把宿舍一些人給狠狠教訓一頓。」林粼粼張望四周，把頭上的漁夫帽再往下壓，臉上口罩拉了拉，遮掉更多面孔。

「……這就不用太好奇了。」其實更常半夜在外面教訓智障，但林致淵心累不想說，一說就全都是對他睡眠時間的弔念，自上大學之後就沒有好好睡過幾天，感覺遲早要暴斃。

高戴凡勾起唇，天生冷漠的面孔和緩了些，引來路過的其他學生駐足。

意識到這兩人都算是名人，林致淵正想提出換個地方聊，不怎麼起眼卻又突兀的光影閃爍猛地出現在視線裡。他立刻轉向該處，看見一個鬼鬼祟祟的人藏在樹叢後，手上那點閃亮的東西正對著他們。

「學長你保護下學妹。」

丟下話，林致淵極快竄了出去，在對方還未反應過來前筆直殺去，順便快速撥電話給警衛室，告訴他們有奇怪的人跟蹤學生。

這時那人終於意識到自己被發現，連忙掉頭就要跑，然而他的目光只放在來勢洶洶的大男孩身上，忽略周邊其實還有其他學生。

有幾名正在打鬧的學生認得林致淵，發現他在追人，想也沒想立刻跟著扭身，這下子大家都看見樹叢裡鬼祟的人，沒幾秒就多了好幾名學生幫忙包圍，很快地，幾名學生就把人按倒在地。

林致淵到達的第一時間先向其他人道謝，然後看著被壓在地上的人。

男性，年紀可能略大他們一點，二十四、五左右的模樣，臉上口罩已經在扭打時被扯下來，兩頰有粗糙的曬斑和青春痘，是張看上去很平凡的臉，丟在人群裡不容易被認出來的那種，現在變得很狼狽，被包圍後甚至畏縮了起來。

「你為什麼要偷拍學生？」林致淵蹲下身，接過旁邊遞來的單眼，這是男人被按趴之後掉在身邊的東西，開啓後看見好幾張林粼粼的偷拍相片，最後頭也出現高戴凡的，往前翻則有幾張不同女性的相片，共通點都是面容姣好、讓人眼睛一亮。相片背景大部分在學校裡，有幾張是女宿附近，赫然還有幾張偷拍舍內學生的隱私照，可見這人一上午都在校園中遊蕩，窺拍女學生。

「靠！變態嗎！」旁邊的學生們怒嚷起來，如果不是因為林致淵制止他們，可能接下來這位偷拍者要面臨的是一頓圍毆。

很快地，警衛帶著警察來了，終於趕在偷拍者差點捱揍前把人扣上警車。

林致淵再次向學生們道謝，應付了幾句詢問、保證會告知他們後續後，便把他們送離。回過頭要找高戴凡兩人時，突然有人喊住他。

還是張熟面孔。

「咦？小淵？好巧。」

李臨玥沒想到居然會在這裡碰上對方。

小學弟常常在虞因的工作室出入，一來一往他們這些虞因的親朋好友也跟對方熟識起來，加上又是一太定下的後繼，多少更親切了。

「學姊。」林致淵同樣驚訝，接著看見李臨玥朝林鄰鄰揮手，兩人似乎很熟，想想李臨玥兼職模特兒，都是一個圈子，好像又不是很意外。

「玥玥～～」林鄰鄰張開雙手，投入大美女的懷抱，很親暱地在人家身上蹭了兩下。

李臨玥身高較高又踩著一雙帥氣的高跟靴，林鄰鄰本就比她嬌小，今天出門穿著平底運動鞋，這一撲還刻意矮身，剛好埋在人家胸上，讓另外兩位男性有點無言。

「阿忠居然沒等人來就把妳丟在原地嗎？」把卡在身上的東西拎開，李臨玥微微挑眉。

「……小忠哥他弟過馬路被撞到，所以我叫他先走，而且剛好碰到學長他們。」林鄰鄰有點不捨地從軟綿綿的大美女身上拔起來，遺憾地說：「學校人多，沒事！」

爲了避免周圍人圍觀，林致淵將一行人帶至附近沒使用的小教室。

進教室後林致淵拉起小教室窗簾，隔絕外面可能的目光，順手打開冷氣，很快地，室內涼爽起來，順道驅除了滯悶的空氣和不太明顯的小垃圾味道。

「學姊妳們是約好要見面嗎？與剛剛的偷拍有關係？或是躲人？還有其他偷拍嗎？」林

致淵做完手邊的事後隨口問道。

正在點著手機螢幕的手停下，林粼粼詫異地看著把窗簾全拉起來的學長，意識到對方的貼心動作是因爲她的關係。「哎……？小淵學長你……？」她有點吶吶地看了看李臨玥。

「我看妳似乎很在意四周，而且剛剛喊我們時似乎有點急……如果是誤會我先道歉。」林致淵朝李臨玥點了下頭。

雖然說是知名人士，但這位學妹從最開始喊住他們時好像就很在意露臉，加上她喊高戴凡時刻意喊了完全不熟的他，林致淵便認爲這位學妹可能遇上什麼麻煩，故意喊他充數，讓某些存在看見兩個大男生在她身邊，增加一些安全感。

後來他去追偷拍者時，這位學妹並沒有跟上去確認對方長相和訊息，感覺上不是學妹要躲避的人，這偷拍者更像是個意外。李臨玥的到來讓他確定這個想法。

林粼粼聞言誇張地垂下雙手和腦袋，像隻受到委屈的小動物般，可憐兮兮地縮成一團。

「對不起啊小淵學長，其實本來有人陪我，但他突然有事被叫走，我覺得有點害怕，剛好看見你們從餐廳出來，情急才喊你們。」林粼粼雙手合十，很抱歉地對著林致淵一揖，動作雖然有點喜感但很誠心。「改天我請你吃飯唱歌看電影和無限暢飲，抱歉抱歉啦。」

「沒關係，其實如果有問題妳可以隨時找我，不用特別請什麼。」想到自己在學校裡那一堆附加頭銜，林致淵無奈地說。協助同學還眞的是他的工作之一，看來得找機會把那些堆疊到自己身上的掛名給辭了，明明以前一太學長也沒這麼多職位，爲什麼到他就是滿滿的責任頭銜。

不過這學妹的性格倒不讓人討厭，雖然有名氣，但態度很隨和，頗爲可愛。

……如果「那位學長」平常有這麼親切就好了。

摘下帽子，林粼粼大概是想到朋友平常聊宿舍長時提到的事情，改口說道：「那我請小淵學長喝飲料和雞排，一個月！」

「不行，這樣我會胖死。」平常已經被宿舍的人餵食很多飲料和雞排，林致淵認眞地拒絕。如果不是因爲他白天和半夜的運動量都很大，按照宿舍一群人這樣餵，他現在早該三百公斤。

「下次大家一起吃個飯就好，我剛剛也想約小淵，可以一起。」高戴凡似笑非笑地插入這個話題，一語帶過一個想請、一個想拒絕的情境。

林致淵看了眼學長，不知道爲什麼對方想約吃飯，但不想在這話題繼續糾纏，就隨便點點頭跟著帶過了，反正他也經常和各種朋友同學約吃約喝，總比被塞一個月的飲料雞排好。

餵食話題就此結束。

李臨玥咳了聲，把討論拉回主題。

「你剛抓的那個偷拍是個慣犯，他上個月因爲偷拍女宿也被逮一次，專門偷拍一些漂亮的女大生照片上傳到他自己的網站。可能是因爲發現圈圈和戴凡都是網紅才多拍幾張。」李臨玥發了條連結給林致淵，點開看果然是個專放女大生照片的地方，底下留言充滿各種不堪入目的意淫。「那傢伙的確是意外，本來就被我們排除了。」

說著她點出手機相簿遞給林致淵兩人。「我本來晚點要去找阿因，可能要請爸爸們或一太幫忙，你們在正好。小淵是我們的朋友，圈圈妳在學校遇到麻煩可就近找小淵幫忙。」

後面兩句是對著林粼粼說的，女孩連忙點頭。

林致淵接過手機，快速看過幾張照片後微微皺眉，意識到學妹確實是在一個較爲緊張的狀態裡。「多久了？」

「我發現到現在已經快兩個月了。」林粼粼可憐地說著，然後又往李臨玥身上趴，表示弱小無助。

相片是幾張偷拍照片，全都是眼前學妹平日生活的模樣，非常明顯是被人跟蹤偷窺，甚至連在後台的更衣照都有，幸好學妹換衣服時警戒心比較高，特意站在隱密的位置並做了遮掩，所以沒有拍到露點。

可看出角度與慣用的拍攝手法與剛剛的偷拍者不同，這名偷拍更刁鑽，潛入的地方也更多，且不少都是針孔，像素有高有低。

其中讓人感到危險的一張是學妹的休息室裡空無一人，但她的便服被取出放在桌上，旁邊是一綑繩子，滿滿恫嚇警示的意味。

「一開始有報警，可是警方找不到跟蹤狂，監視器又被破壞，而且我的粉絲很多，常有騷擾留言，一時之間沒辦法確認特定對象。」看著幾位嚴肅的學長姊，林粼粼委委屈屈地說道：「以前也斷斷續續被偷拍很多次，所以我大學租的地方是和爸媽一起特別挑警衛很嚴的大樓，平常出入很小心，至少都有個人陪我。」

「但是這次嚴重的狀況超乎先前的跟騷。」林致淵把手機遞給高戴凡，沉思幾秒，繼續開口：「所以妳才這麼緊張，甚至學姊想走後門請虞警官他們幫忙。」如果不是事態嚴重，其實大家並不會刻意去找大人們。

「對，也和我們今天來學校有關係。」李臨玥點點頭，接回自己的手機，點開另外一組照片。那是一個淡金色、上頭有手繪圖騰的連蓋水杯，被擺放在學校的課桌上。「杯子是圈圈的，有一次我們活動被誤時在現場很無聊，我親手幫她畫的圖，這世界沒有第二個。上個月在攝影棚拍照時遺失，遺失處是圈圈的休息室；昨天收到照片，杯子放在她常坐的課桌上。我問過學校，東西被其他學生送到失物招領處，我們今天要去確認杯子狀況。」

「報警了嗎？」高戴凡問道。

「嗯，約好時間，應該也到了。」李臨玥看看手機，點頭。

「超噁心。」林粼粼很沒形象地翻了個生動的白眼，「一想到那個人可能在玥玥幫我畫的杯子上做各種事情，我雞皮疙瘩就豎起到皮都要跟著掉下來……他應該不會用我的杯子打手槍吧……誠懇希望他的雞雞爛掉。」

林致淵啞然看著腦迴路跳躍的學妹，突然理解她父母取名時的惡趣味了。

不管如何，反正下午沒課，身爲一堆職務掛名的學生，林致淵還是跟著走一趟。但看著高戴凡竟然也起身要跟著去湊熱鬧時，他不免有點意外。

「沒課。」高戴凡淡淡道：「我也有頻道，有需要可幫學妹發個譴責影片，人多力量大。」

「……喔。」好像也是。

幾人重新把教室恢復原樣，一起離開小空間。

無人的小教室裡靜默無聲，只有偶爾外面學生們經過時傳入的笑鬧。

垂落在窗邊的窗簾無風掀起，晃蕩出一個小小的弧度，一張椅子緩緩從桌子下被拉出，椅腳在地面磨擦，發出嘎——的聲響。

窗簾再次飛起，這次晃動的幅度更大了點，啪的一聲砸在窗戶上。

一名路過的學生似乎察覺到什麼，回過頭，炙熱的午間只看見空蕩蕩的走廊，還有遠處打鬧的其他同學們傳來的笑語。

他想想，覺得大概是自己聽錯，或者是附近有什麼東西掉落吧。

於是邁出輕快的腳步離開了。

李臨玥一行人浩浩蕩蕩地奔向失物招領處，正好警方同時到達，跑完必要流程後，水杯被打包帶走，林粼粼還再三要求如果在上面驗到不可說的東西，拜託直接幫她把杯子火葬，骨灰不要還她。

來的兩位年輕警員大概沒想到這小美女個性與外貌嚴重不符，失笑過後告知可還回時會再告知她，並協助處理。

杯子被領出來時沒有可疑液體，但裡面塞了一個拳頭大的白羊娃娃，上頭沾了一點細細小小的灰塵，剩下的要等警方回去查驗。

看李臨玥熟練地把事情打在虞因的群組上，林致淵就沒有另外再提一次，沒多久，李臨玥把林致淵拉進群組。

小群組裡都是熟人，虞因三人和兩位虞警官，從群組名稱來看，是虞因建立的——看來虞學長分群組分得很熟練，還把李臨玥才剛說過的跟騷事件含相關照片信件等複製貼進來。

沒一會兒就看到其中一位虞警官回應晚點會找承辦員警問狀況。

林致淵頓時覺得身邊的人們各個辛苦操勞，身體器官堪憂，尤其是肝的部分。

「小淵一起走嗎？不過阿因出門了，傍晚才回，我們先找個地方打發時間，等等我男朋友會來，人多安全。」李臨玥頓了頓，看看滿臉可憐無助的學妹又看看學弟，默認學弟也是戰力。「這時間剛好可以看個電影。」

「……行吧。」林致淵想想也沒有什麼事，只是很想回去睡覺，不過算時間還是沒法睡太久，總之就跟著安排去了。

高戴凡這次倒是不跟了，他與自己的頻道小團隊有約。

幾人在校門口和李臨玥的男朋友重新組隊，開始討論起要看什麼電影，最近電影不少，最後在兩支熱門片間投票決定。

林致淵看了眼陌生男人，高大、輪廓很深，是個混血兒，二十七、八歲……這位學姊又換男朋友了，他記得上次在工作室遇到的是另外一位男性，不過似乎是曖昧期，當時沒有確認交往。

這位男朋友高他半個多腦袋，來的時候低頭看著他們三個，讓人不由得有點怨念。

比起身高差的怨念，林緻緻顯然對學姊男朋友本人的不滿更強大，整個人黏在李臨玥身上，拔都拔不起來，簡直要以肉身當障礙，把學姊和男朋友隔開。

幸好這位男朋友脾氣不錯，見狀也只是笑笑，可能沒少受過林粼粼的排擠，很快就把看上去不便宜的休旅車開來，相當紳士地直接充當任勞任怨的司機。

因爲兩位女性黏在一起，林致淵只能坐到副駕駛座，有一搭沒一搭地和車主聊天。

「小淵，這樣叫你可以吧。」友善的車主幾句下來之後迅速表現出熱絡，爲了表示親近，他挑了一個女友常常和他聊的話題。「小玥說一大指定的小朋友打架也很厲害，沒想到你有點小隻，難怪小玥說你很可愛。」

「……」

如果不是因爲對方在開車，林致淵眞想把這傢伙的腦袋掄到車窗上。

小屁小！他四捨五入也有一百八好嗎！

還有打架和高度有關係嗎？沒有吧！只要能把人打得倒地不起就行了吧！

對於這個話題感到過度無言，其實身高並不算矮的林致淵忍住翻白眼的衝動，很虛僞地呵呵兩聲，下意識看了下後照鏡想問學姊平常到底都在跟男友聊什麼，那瞬間他倏地一頓。

不知道是不是又一次眼花錯覺，他似乎看見一道暗影從學姊學妹的身後閃過，但也就那麼剎那，無法肯定是不是看錯。

車主留意到他盯著後照鏡的短暫視線，熱心地又開口：「後車廂有一點飲料零食，都是出門前才放進去，你們肚子餓可以先吃一些。」

林粼粼顯然不是第一次搭順風車了，逕自扭身趴到後排椅背去撥開置物箱的蓋子，馬上撈出了兩、三包果乾和幾瓶水，因爲動作不小，林致淵和李臨玥都跟著轉過頭看學妹動作。

接著兩人同時瞇起眼，凝視幾乎貼在後方的車輛。

「被跟車了。」李臨玥勾起手指敲了敲男友的椅背，說道：「從出學校後這輛車就在我們後面。」

本來興致勃勃要拆果乾的林粼粼動作一僵，轉頭和大家一起看向車距有些過近的暗灰色小轎車。

後方車輛貼了防窺隔熱紙，開車的人似乎有喬裝，隱隱只看見形狀怪異的腦袋，無法辨別相貌。

「膽子眞大。」男朋友聞言並沒有很焦急，反而笑了聲，開始減緩車速，打了燈準備靠邊停。

小轎車見狀，也不知道是不是發現自己跟蹤的事暴露了，又或者其實只是碰巧同路，總之在男朋友的車輛緩停時，小轎車突然加速，從他們車邊呼嘯而過，違規地切換車道幾次，鑽入車陣後很快就消失在馬路的另外一端。

「回去把行車記錄器拷給警方。」

□

雖然發生了跟車事件，不過最終幾人還是順利進到百貨公司。

李臨玥在車上已經先買好電影票，只要憑手機就能進場，於是她拎著男朋友先去買些小零食，打算等等進電影院吃。

林致淵與林粼粼就留在影院外的座位乖巧等待兩人回來。

看著學妹邊滑手機邊哼小調，林致淵覺得這女孩其實很堅強，知道自己被跟蹤偷拍了也沒有露出怨天怨地的態度，即使和員警們說話時還是很樂觀開朗，甚至拿水杯開玩笑，哄得周邊的人有點啼笑皆非。

……也是挺有意思的人。

「小淵學長，你吃熱狗堡嗎？」林粼粼猛一抬頭，正好與林致淵若有所思的目光對上，她痴呆了半秒，笑吟吟地瞇起眼睛。「我剛剛找到優惠券，可以半價買套餐喔。這裡電影院以前的熱狗堡很好吃，可惜後來大概是換供應商了，變得很普。」

「這樣嗎？」林致淵雖然和同學來過幾次，但沒有點餐，自然沒吃過以前的熱狗堡。

「是啊，我以前和朋友來的時候都會特地點一份熱狗堡呢，可惜歲月不饒人，連熱狗堡都沒放過。」誇張地嘆氣，少女苦哈哈地笑說：「害我看電影的樂趣少了四分之一。」

「眞可惜，那下次我們去外面的店吃吧，學長之前介紹過有家熱狗堡很好吃。」兩人有一搭沒一搭地聊起天，林致淵暗暗留意到周遭有人頻頻往這邊看過來，雖然學妹遮得算嚴，但可能還是有人發現她是網紅，又或者只是單純想看是不是美女，目光倒還算正常打量，沒什麼惡意。

大約又過了幾分鐘，李臨玥和男友各自抱了飲料與零食回來。幾人沒有壞到去買雞排、鹹酥雞什麼的，挑了一些好拿好入口又沒濃烈氣味的小東西，然後拿了林粼粼的優惠券又去抱了爆米花和熱狗回來。

開場前五分鐘，幾人輪流去洗手間。

最後一個輪到的林致淵用完洗手間彎身接洗手乳時，餘光瞄到有個戴口罩的男性走進，似有若無地朝他瞟了幾眼。

因爲眼神有點不太對，林致淵乾手後等了幾秒，果然看見那名男性上完廁所後走過來，這次挺大方地與他對視，讓他確認了對方是真的在看他。「請問有什麼問題嗎？」

「就、感覺你有點眼熟。」男性聳聳肩，露出有點疑惑的表情。「不知在哪看過。」

「但我沒見過你。」林致淵確實沒看過這人，他的記憶力算不錯，見過的人大部分都會記住，這位男性確實面生，也不是學生的年紀，很標準的社會人士，約莫三十的模樣。

男人大概也覺得自己有點冒失，道完歉後就離開洗手間了，外面響起他和女性交談的聲音，聽起來只是很普通的男女朋友一起來看電影。

林致淵努力挖掘記憶，再次確認完全沒見過那名男性，搖搖頭重新洗了手，正打算離開洗手間時，突然意識到裡面變得很安靜。

照理來說，這間洗手間的位置離影廳很近，開場前應該會有不少人進來，原本也可以聽見外頭熙攘的動靜，然而不知道哪個瞬間開始，聲音全沒了，除了他以外，一個人也沒有。

「……」

嘛，他也不是第一次在洗手間遇到怪事了。

只是洗手間有這麼多怪事嗎？

「嘎」的細小聲音響起，右後方側邊有扇廁門緩緩地被推開，面前的鏡子裡倒映出門後有雙眼睛默默盯著他看，眼睛以外的部分都藏在陰影裡。

林致淵很有經驗地摸摸自己的皮夾，在心中嘆口氣。

不過並沒有等他扔皮夾當腳印，門口突然傳來響亮的喊聲，打破了莫名寂靜的洗手間。

「小淵，電影快開始了！」李臨玥的男友探頭進來，疑惑爲什麼女友的學弟上廁所這麼久。

「喔好，來了。」林致淵扭頭，那間廁所已經重新關上門，而洗手間外再次傳來電影院的人潮聲，陸續又走進來幾個使用者，完全不見剛剛的詭異氣氛。

這大概得回去問學長們電影院廁所是不是有發生過事情了。

只希望下次別又在廁所遇到，他不想每次都在廁所遇到飄啊，講出來好像哪裡怪怪的。

抱持著這種煩惱，林致淵快速出去與友人們會合。

□

下午時分。

本來癱在休息室打瞌睡的東風被一陣陣訪客門鈴聲打擾，陷在枕頭裡的腦袋開始冒出火氣，慢慢地隨著身體往旁轉動。

前陣子受傷回家療養到傷勢不影響生活後，他才又回工作室繼續處理手頭上的委託。

雖說不影響日常，但後遺症還是有一點，可能是體質原本就不算太好，這段時間只要一躺下休息，再起來就會有點無力疲憊……更令人火大了。

抬起手把枕頭抽出來壓在腦袋上，他決定擺爛裝死。

然而按門鈴的人沒有放過他，不知是對方有急事或者真的白目沒看見大門上掛著「本日休息」的牌子，總之斷斷續續地響了將近五分鐘，讓人理智狂化，非常想把櫃子上那排化學綜合物往他們身上一個個用過去。

大約感覺到不存在的殺氣，鈴聲終於在堅持了五分鐘之後停止，取而代之的是房外響起的工作室電話座機。

還是殺掉吧。

東風痛苦地在枕頭下方睜開眼睛，抱著枕頭坐起身，並扒開臉上糾纏的頭髮。

一個不留神，又變長了。

之前才被那個鬈毛傢伙嘲笑過是不是營養都被頭髮抽走。

拿起旁邊的平板，點開連線監視器，他面無表情地看著空無一人的門外與馬路。

同時電話座機也停止作響。

等了一會兒外面還是沒有看見任何訪客，東風嗤了聲，快速點過幾個監視畫面，確認沒人闖入工作室或小庭院，他就把平板扔回原位，抹了把臉，在溫度極低的小空間裡發起呆。

兩分鐘後，他認命地再度把平板拿到手上，打開中午前林致淵傳給他的影片，與一份圖片檔。

幾張圖片都是一個隱密性極高的私人網站討論內容，須註冊審核才能拿到會員密碼。

東風知道這個網站，先前搜索資料時無意間通過其他地方的網友推薦進入，後來他捏造一個假的身分，回答了一堆奇奇怪怪的問題才得以加入，是個分享獵奇事物和資料的地方，裡面的討論大多越線，很容易被人檢舉或報警的那種，所以網站規定非常嚴格，站方每隔一段時間就會清理一次沒有互動或可疑的成員。

現在圖片到他手上，林致淵又找人去幫忙刪影片，看來網站的管理員這兩天得要大動作清理會員了。

東風嘖了聲，隨後上傳一份國外的怪奇案例，順手又回答幾個問題，以便讓自己的會員可以繼續「存活」，不被管理員清掉。

然而這個網站現在有人把腦筋打到他熟識的人身上。

林致淵傳來的影片是上次韓家案件之前，虞因和聿兩人在遊樂園鬼屋的監視器畫面。

當時這熱心的學弟在其他論壇也有看見相關照片，請人去撤掉，畢竟虞因這兩年算是有點奇怪地小有名氣，私下討論的人不少，網路社群更有一批人暗暗想證實他在那方面的眞實性；有段時間工作室收到不少騷擾，附近還有一些奇怪的人在窺探，類似剛剛那種按門鈴的騷擾同樣發生過幾次，逼得他們又加裝幾支監視器。

警方那邊一直有留意，巡邏員警每每看見陌生人探頭探腦都會勸離，倒沒造成什麼太過惡劣的影響，畢竟大多僅是帶著好奇心的人，並沒有太大的惡意，目前爲止就一些擾人的惡作劇比較煩。

但遭人悄然放到這種網站不行。

影片是虞因兩人進入鬼屋後，鬼屋內幾個角度的拍攝畫面，可完全看清球室內事件的整個過程，上傳者並沒有遮掩或打碼，包括小女孩父母與員工的眞面目，全都被攤在觀看者的面前，更別說虞因兩人和隨後到來的林致淵。

留言區非常熱烈，因爲已經過了一段時間，不論是虞因或者女孩父母，甚至當日在裡頭的員警、園方管理層的身分，都被肉搜得一清二楚。即使站內有著隱私規定，幾個關鍵字掩耳盜鈴般被碼掉，但有心要找依舊相當容易。

東風側身去取聿放在休息室的筆電，一陣敲敲打打進入這網站的管理後台，置入幾個他和聿一起做的病毒程式。

接下來就看看有幾個下載這個影片、留言過的人會死機吧。

支著下頷目送逐漸開始崩潰的網站去天堂，東風懶洋洋地想著。

正打算滾下樓去拿點果凍，訪客鈴再次響起，重新打開屋外的監視畫面，他在心中長長地嘆了一口氣。

還不如惡作劇按鈴呢！

門打開，出現的是近期常常來訪的中年大叔。

「虞因不在。」東風並沒有讓人進門的打算，而且這位大叔比較偏好和虞因聊天，先前來訪也都是挑青年在的時候，他和聿基本上都沒和這人說過幾句話。

從虞因那邊陸續聽說，目前大叔仍在四處面試，有幾個工作雖然順利通過，然而試做了幾日依舊不合心意，應該說最近拐人的工作也多了，前不久他還聽大叔說差點被騙去做車手，幸好不是被騙去國外挖內臟。

總之後來大叔找了個外送的工作，一邊外送一邊求職，不順利時就會來他們這邊坐一下，時間久了虞因等人也都習慣了。

「啊，這樣喔，眞不巧。」大叔點點頭，然後抬起手，將手上提著的袋子往東風遞。

「那這給你吧，中午要記得吃，不要常常得過且過地混餐。」

對東風講話時，大叔的語氣明顯像長輩督促小輩。

「……多少錢？」嗅到袋子裡傳來湯的氣味，東風原本想拒絕，但大叔看上去一副會直接把食物掛在門口的樣子，他只好退一步。

「沒多少，就送你吃。這是上次虞因推薦的店，剛好我去送餐路過，他們剩最後這份我就順手買了。」大叔把袋子掛到東風手上，笑了笑。「都是新鮮海鮮，你應該沒過敏吧。」

東風搖搖頭，道過謝，打算等等向虞因打個招呼，讓他晚點找大叔看要還點什麼答謝。

知道對方對交際應酬沒興趣，大叔給完東西後就快速離開了。

彷彿接力般，大叔才剛走，鐵門都還來不及關上，宅配車就在旁邊停下。

「哎？你怎麼在外面啊？有你們的包裹喔。」常常在這區跑動的宅配先生看東風站在門口，有點訝異，隨即從副駕駛座搬下預先放在上頭的箱子。尺寸不大的箱子略顯沉重，不過他經常配送一些作品雕刻之類的，所以很習慣這戶的東西都具重量。

沒把東西交給對方，宅配先生反而幫忙把箱子搬到大廳。

簽收好，東風把手上的袋子遞給對方。「有人送過來的，你吃嗎？」

宅配先生有點受寵若驚，發現袋子裡裝的是限定海鮮鍋後更訝異，連聲拒絕。

東風想了想，說了幾句其他人不在家，食物放著不好處理、新鮮度會變差的理由，把東西塞給宅配先生，然後再把人送回車上。

車子走後，他正想重新鎖上鐵門，頭一低，就看見門邊一小團灰燼被風吹散的畫面。

左右看了看，巷內並沒有其他人。

一隻雜色流浪貓輕巧地從附近平房屋簷跳下，懶洋洋地沿著圍牆走著模特步。

鐵門前的青年蹲下身，細長的兩指捻起一小塊灰黑色碎片，隱隱可看出這是張紙，紙質略有粗糙，加上旁邊燒盡的香腳，輕易就能分辨出這是張紙錢，在遠處有拇指大的銀色紙屑被風吹走。

「……裝神弄鬼。」或許他們該設個會噴出毒霧的小玩具在訪客鈴或牆角，如果再出現這種無聊人物，直接賞他一臉，讓他終身回味。

彈開手上的殘灰，東風按著膝蓋正想起身，就看見一雙腳出現在自己眼前。

紫灰色、帶著浮腫，不似活人。

抬起頭並沒有看見任何東西、或是人，那雙腿也不見了。

他可以感覺到有人在暗處窺看的視線，如同縮頭烏龜，連呼吸的聲音都不敢露出。

他們到底是眞的還是假的？

談論關於都市傳說的那些留言總是會有這樣的質疑。

去問啊。

找他們出來證明有沒有作假。

試試看不就知道了。

但這又和那些外人有什麼關係？

「監視器已經拍到你們了。」東風提高聲音，確保這些無聊人士聽得一清二楚。「如果你們執意繼續騷擾，我會按你們的長相去找近期做過哪些偷雞摸狗的事，你們家人會收到這些影片，你們的親朋好友甚至同學師長都會看見你們是多偷偷摸摸又無聊的人，最後警方上門詢問時，希望你們不要否種地否認幹過這些事情。」

並不想等那些窺視的人有什麼反應，東風轉身關上鐵門，將那些視線隔絕於外。

或許那些人不會把這種威脅放在心上，也會恥笑他空口放話。

誰知道呢。

東風回到屋內，倒了杯茶坐在電腦前，按下幾個按鍵把監視器的時間往回推，截取到的畫面面孔已足夠他和聿去調查這些人的身分，順便再翻出這些人的社群與朋友圈。

只是需要花點時間的事情。

筆電傳來滴滴滴的提醒聲，是稍早他和聿放進的一些數據解碼出來的結果。

幾個座標點，幾段看似無用的文字，以及幾個位數不多的數字。

東風盯著座標，慢慢皺起眉。

門鈴聲再次響起。

正在核對座標的東風下意識罵了句，然後幾個按鍵動作，把解碼後的資訊傳給虞佟，煩躁地看了眼監視器畫面。

一張小巧臉蛋出現在鏡頭裡，是個遮頭蓋臉的陌生人，大大的杏眼散發著有精神的好奇光彩，跟在她身後的人倒是熟識，上午才來求救過幫忙救援檔案。

他想起午間虞因拉的那個群組，裡面附了照片，看來這位陌生女孩就是被跟騷的事主。

東風闔上筆電，正要去開門時聽見落地窗外好像傳來輕輕的「喀」一聲，但望出去什麼也沒看見，似乎只是有東西掉落，又或者是附近的流浪貓跑來跳圍牆。

確認沒有奇怪的東西跑進來後，東風便出去開鐵門。

下秒，陌生的聲音衝著他來──

「哇！有小美女！」

「……」

心情更糟了。

「小美女妳好，我可以約妳一起下午茶嗎？」杏眼的主人發出了歡樂的邀約。

「學長。」後頭的林致淵連忙打招呼。

「咦？不是小美女嗎？」林粼粼愣了愣，這才意識到眼前漂亮柔弱的美人看著雖然又瘦又纖細，但沒有胸部，喉嚨也稍微有點起伏──容易忽略，只會覺得是位平胸美女。

「小東風，阿因還沒回來嗎？」越過兩個小朋友，李臨玥提著盒子笑笑地走來，順手摸了摸青年的頭。「你是不是又沒吃飯了？一臉菜色，不要把最近長的肉又壓縮回去啊。」

這還眞被說對了，東風想起推給宅配的海鮮鍋，尷尬地辯解：「有吃。」吃了能量條，應該也算是有吃飯。

李臨玥買來的是和菓子，考慮到聿自己會做布丁和蛋糕等等點心，她挑了個青年最近好像有興趣的茶點，就是定價讓人錢包比較痛苦。

沒多久，李臨玥的男友停好車快步過來，正好讓東風可以把鐵門重新鎖上。

來訪的人有點多，加上還有兩名陌生訪客，原本想直接丟礦泉水讓他們自生自滅的東風只能默默去小吧台後面翻聿的茶葉櫃子，最後從裡面拿出焙茶罐。

「我來煮吧。」李臨玥勾起笑，知道留守的友人不耐人多又吵的場合，伸過手想幫忙。

「不用，你們看要吃什麼自己拿吧。」東風搖搖頭，拿出整組茶具做準備。在言家和聿旁邊他有跟著學過他們煮茶的一套方法，這點小事還不至於做不來，只要那個小女生不要一直用痴漢的眼神盯著他就行。

李臨玥注意到東風煩躁的根源，好笑地拍了學妹的狗頭，讓她不要痴漢得過於明顯。

林鄰鄰縮著脖子，又猥褻地偷看了美人一眼，這才努力把目光放到甜品櫃。

今天烘焙工作休息，玻璃櫃裡並沒有擺放太多東西，只有聿早上出貨給楊德丞後剩下的幾塊小蛋糕，不然就得去二樓冷凍庫偷手工冰淇淋了。

李臨玥把小蛋糕都拿出來，順便切幾片水果吐司，這樣一桌子看上去已足夠豐盛，很有下午茶派對的感覺。

待水溫夠熱，東風開始泡起茶水。

「可拍嗎？」林粼粼看著小美人動作優雅，還是敵不過蠢蠢欲動的心，邊吸著口水邊拿起手機，帶著冀望眼巴巴地看著青年。「不會拍臉。」

東風看了眼手機，最終沒拒絕。

林粼粼很快樂地開始拍起漂亮的茶具還有漂亮的手，雖然她很想連人帶臉都入鏡，但自己是幹這行的，很明白不可以隨便拍人臉的規矩。等茶泡完，她挑了張角度優美的手與茶的照片，徵得東風同意後才發到專頁，很快引起了一票粉絲跟著流口水，嚎叫個不停。

與此同時，李臨玥也帶著男友向兩人做個介紹。

這位高大的男朋友姓程，全名程奚岳。

「我父親姓程、母親名字有個字發音是中文的西，他們是在挑戰百岳時認識交往的，就給我這個充滿愛意的名字。」男人相當大方地介紹自己姓名由來，對於露了一手泡茶功夫的東風充滿興趣。「小玥提過你，是她的好朋友之一，你比她說的還要漂亮很多。」

「阿岳是展場企劃，之前我們的活動正好是他負責，很好玩的是，他的朋友也叫他小岳，活動時這邊小岳那邊小玥，我們都不知道在喊誰，就這樣認識了。」李臨玥笑著補充。

前段時間她和虞因聊到這件事，友人還要她有空可以帶過來大家彼此認識。

東風點點頭，對於男女朋友這種話題不感興趣。

「所以小美人眞的是男生嗎？這件事沒救了嗎？」林鄰鄰看著比自己還要「嬌弱」的男孩，覺得有點可惜，尤其是看過方才優雅泡茶的畫面，更覺得浪費。好好的一個美人怎麼就長成不香不軟的臭男生呢？如果是個軟軟有胸的小美女多好，她可以埋！

「……」如果不是李臨玥帶來的人，東風可能不想管住自己蠢蠢欲動的手。

「學長是男生也可以很漂亮啊。」林致淵連忙說道。

林鄰鄰拍了拍林致淵的肩膀。「我懂你，兄弟！」

還是讓他們買一送一下地獄吧。

東風如此思考著。

屋內熱熱鬧鬧之際，外頭再度傳來聲響，今天不知被開關幾次的鐵門再度被開啓，這次迎回了工作室另外兩名外出的主人。

虞因並不意外看見屋內有滿滿的人，畢竟李臨玥已經提早告知會來一趟，不過在開門後還是稍微意外東風也在，他還以爲東風會甩這些人一箱礦泉水，然後把自己鎖在二樓打死不下來。

沒想到他竟然還會泡茶？

看著桌面的茶具，虞因無法確定眞的是東風出手，還是李臨玥他們自力救濟，總之搞得好像很有一回事，滿大廳茶香飄逸。

聿掃了大批人類一眼，提著背包和紙袋往吧台後走，接手東風的位置，順便掠了兩顆和菓子。

林鄰鄰看著剛回來的兩人倒吸口氣，連忙拉拉李臨玥的衣角，「高冷暗黑小魔王和陽光燦爛鄰家大哥。」

李臨玥往學妹腦袋一拍，回頭向虞因兩人介紹學妹和新男友。

這位學妹當初會喜孜孜地繼續她的小模特事業和經營網紅，主要原因就是這傢伙是個巨大的顏控。用她自己的話來說，去活動會場或是攝影棚吸其他帥哥美女的美貌和靈氣她才可以續命，不然她可能會得不到滋潤枯死在人間。

「……謝謝？」虞因聽到對方小聲的評價，雖然覺得哪裡不對，但還是對稱讚表示了謝意。

應該是稱讚吧！

但小魔王是什麼鬼？

看著面無表情把他們剛剛在路上買來的小點心裝盤上桌的聿，虞因默默思考了下，突然很想問小學妹對於其他人的想法。

虞因提前從群組知道被騷擾的學妹的那些事，現在一看果然人小小的很可愛，沒上妝的素顏相當精緻，五官淡雅柔和且明亮有精神，即使被不明人士長時間跟蹤騷擾，還是可以看得出她努力把心態調整得很好，整個人朝氣蓬勃，沒被壞事打敗。

很不巧地這就構成吸引某些變態的條件。

幾人閒聊了一會兒，終於開始說正事。

「圈圈有位助理叫小忠，本來是幫忙她處理一些影片後製和雜務，最近因爲騷擾事件，她多貼了些錢，讓小忠這陣子陪她跑行程和上下課，我們一些比較熟的朋友也都輪流去陪她過夜。她父母在外縣市，因爲經營公司不方便長時間離開，但這兩個月也有盡量撥時間過來。」李臨玥大致說明了下這陣子人員配置的狀況。「不過小忠家人今天出事，剛剛又打了次電話說這兩天沒辦法，臨時推薦人過來我們也不放心，我正要問小海可不可以幫個忙。」

想來想去，還是小海讓人安心，性別和武力値都擺在那裡，萬一跟蹤狂出現了，小海絕對可以把人處理好——眞正的處理。

虞因同樣想到跟蹤狂十之八九會被物理超渡，雖說是活該，但好像又罪不致死，眞是令人糾結。

「通常這類跟蹤者不脫是狂熱粉，先不說警方的排查，你們心裡眞的沒有黑名單嗎？」林致淵把玩著小巧的茶杯，思考著可能的方向。

「其實是有，出來混的誰手裡沒有一份黑名單。」林粼粼咳了聲，終於意識到人太多好像該維持點形象。「這麼說吧，我在這行也算久，而且經營的社群媒體更新頻率算高，時間一長多少聚集了各式各樣的人，不論是狂熱粉絲或是黑粉，又或是每天都來下詛咒的怪人都有，範圍太廣了，列印出來有好幾張Ａ４。」

說著，她把先前交給警方的電子名單傳給在場幾人。

數量確實很多，也備註了這些人會被放上黑單的原因，一翻過去，五花八門，什麼怪事都有。

虞因皺眉，單子上第一人後面備註的是：曾私訊要買初夜與包養，並寄情趣內衣褲到公司，被拒後留言咒罵和造謠近半年。

接著很快看見有下詛咒的怪人。這也很奇葩，大致就是那怪人的男友因爲喜歡林粼粼，手機存了很多她的照片，結果女友就妄想林粼粼是第三者，上輩子破壞他們家庭、害他們家破人亡的妖女，於是幾乎每天都到專頁上咒她勾引男人遲早毀容，還經常私訊或寄給她一堆符咒等等，說要讓她這輩子也嘗嘗家破人亡的滋味。

「這是怎麼回事？」虞因翻到電子檔最後，有一些附錄圖片，其中就有好幾張實體符咒，不知道是不是多心，他總覺得這些符咒看起來讓人不太舒服，但上頭的文字過度扭曲，看不出來寫了什麼。

「這個寄到了我爸媽的公司，可能是找不到我的地址，寄公司又被無視，就把主意打到我家人身上。」林粼粼湊過來。提到這件事她就生氣，雖然有一段時日了。「後來報警，抓到一個狂粉，他說只是一些網路上買的什麼愛情符，他覺得我應該要愛他，爸媽請法師拿去化掉了。」

「妳怎麼不一個個告過去，這些告好告滿說不定可以拿到一筆錢。」東風快速翻完電子檔，冷嗤了聲給出建議。

「唉，告過喔，我高中那時還未成年，有個人說要肉搜我然後找到我住哪裡，要把我綁回家一起殉情，上傳照片說安眠藥和繩子都準備好了，沒想到警察先生一抓，也是個未成年，他父母在一堆鏡頭前說我這種成名人士沒有容人雅量，開玩笑也要報警啥的浪費社會資源，他爺爺奶奶還跑去公司下跪，最後被那群人煩得受不了，事情就不了了之了。」林粼粼支著下頷嘆口氣。「有點名氣的人最容易被道德綁架了，像我們這樣一有動靜，網路馬上就會很多人衝過來指責對普通人不友善啊。」

「差不多都這樣，大家專頁上每天都有妖魔鬼怪在跳舞。」李臨玥點點頭，她雖然只是個兼職，更新也不太勤勞，依舊收到不少怪異的騷擾。

「啊，也是……」虞因看看天花板，想到工作室最近被各種惡作劇及網路負評。雖說嘴巴和手長在別人身上，但如果可以，還真想把那些人的嘴和手縫起來，請他們學會事情要過腦和尊重別人再說。

東風默了默，想起下午的事。

那些餘燼被風吹走，林致淵等人來訪時已經看不見有什麼存在過了。

看著眼前收到一堆符咒的女孩，他想了想，開口：「妳會介意我們去翻妳的網頁嗎？」

「不介意啊，反正都是公開的，每個人都可以看喔……啊等等，不然我給你帳密好了。」林粼粼突然想起學姊曾說過工作室這邊的人都是她最信任的朋友，而且有兩位電腦相當好，看來小美人是其中一位。「其實比較有問題的都在私訊，給你登入看會比較清楚，平常爸媽和助理也都會幫忙看公開帳號，我公開的專頁和信箱帳號與私人帳號是分開的，裡面沒有隱私的東西你可以放心。」

東風思考片刻後點點頭，既然對方不介意，自然可以省掉一些過濾內部人員的麻煩。

林粼粼借了紙筆，很快地寫好紙條遞給東風。

後者接過來掃了眼，摺起來放進口袋。

虞因有點意外地看向東風，沒想到他會主動幫忙，不過也沒有拆他的台，這傢伙對別人的事情持續感興趣是好事。

一直坐在東風旁邊的林致淵沒打擾幾人的討論，不過在看見群組裡跳出新對話後，不得不插話：「下午跟蹤的那輛車好像查出來了，虞警官說是贓車，被換牌了，循線追過去發現車子丟在沒有監視器的涵洞附近。」

這些話是發在群組裡，虞因和李臨玥也可以查看。

「看來不是真的路過。」程奚岳挑眉。雖然當下他們就覺得是被跟車而不是對方恰好同路，但查清車子的狀況後，就更讓人確定林粼粼絕對是被不懷好意的人盯上。

「紅顏薄命啊。」林粼粼趴到桌上，為命運哀嘆。

「是這樣用的嗎。」虞因不自覺地吐槽，他發現這學妹其實應該去當諧星，而不是在影片裡一本正經地美妝教學和文青臉地品嚐美食，把自己偽裝成氣質美少女。

搞不好諧星美少女更受歡迎。

「你很在意學妹的事嗎？」

晚間幾個人又叫了外送，在工作室吃吃喝喝度過晚餐。

李臨玥和男友送林粼粼回租屋，兩人也會留宿一夜，畢竟才剛發生水杯與跟車的事情，他們不放心女孩的安全。

林致淵還得回宿舍處理事務，他的手機傍晚就開始各種訊息響個不停，宿舍裡的學長們又開始蠢蠢欲動，副宿舍長哀號壓不住，讓他至少回來鎮壓幾分鐘。

最後虞因等人入夜收拾工作室、準備關店門時，依舊往常一樣三個人。

看著正在撥弄那張小紙條的東風，虞因還是有些好奇地開口。

東風把紙條收起來，搖搖頭。

虞因不太確定這個搖頭是表示沒興趣還是不想說，他也沒追問，因爲想再帶點手工冰淇淋回家，所以他往二樓梯間走，順便最後一次檢查門窗。

同樣想去工作室拿書的東風沿著樓梯走在後方，沉默了幾秒後淡淡地回答：「不算很在意。」他摸著口袋，裡面裝著那張紙條。

——林致淵中午傳來的影片讓他有點疙瘩，又碰巧遇到這種類似的跟騷事件，以及下午那些紙錢，還有這張紙條……雖然排查那些留言很耗時間，但也就僅僅是耗時間而已，可能對現在的他來說，將多餘的時間排滿還是好事。

說是很在意嗎？

似乎也還好。

僅僅是……讓人不爽。

虞因當然不知道對方心裡在想什麼，只覺得這小孩大概又是一次想幫忙大家但傲嬌說不出口，佯裝成偶然興起。

「對了，你……」東風頓了下，原本想告訴對方影片的事，但看見虞因回過頭，表情還是剛剛大家一起吃飯說笑的愉悅心情，他突然說不出口。林致淵那小鬼把告知權丟給他，他可以立即把狀況通知虞佟、虞夏或聿三人，可是就是很難對事主本人說出口。

說來可笑，雖然青年至今已經歷過很多事件，照理來說他對許多壞事都免疫了，但他們還是不希望又往他身上添加其他的惡意和陰謀。

「嗯？」虞因看著那張美少女般的臉顯露沉默，他下意識捏了捏拳，在心中某處點了幾下，還是笑笑地開口：「怎麼了？有什麼事情要告訴我嗎？」或許，兩個小的終於想把成立工作室的緣由、或是突然擅改他人生計畫的某些苦衷告訴他？

剛才聚餐留下的好心情還是有的，如果這時候對方開口，他可以盡量不生氣，理性地一起好好討論這件事情。畢竟生米都煮成熟飯了，工作室已經成立，本來的工作也辭了，就差這麼一個原因和道歉，還有讓他們兩個知道自己當初對於這件事眞的非常生氣。

可惜今天晚上依舊讓他失望了。

東風垂下眼睫，移開視線，低聲地說：「不……沒什麼，晚上要去你們家打擾了。」

「……」虞因暗暗做了幾個深呼吸，然後轉回頭繼續往樓梯上走，不讓對方看見臉上可能出現的失望表情，同時盡量讓聲音聽起來很正常。「沒事啊，你搬過來住都可以，早說過不用客氣嘛。」

才剛走兩階，腰後衣角突然被人一拉，幸虧力道很輕，不至於讓人毫無防備地滾下去。

虞因有點被嚇到，那瞬間下意識抓住樓梯扶手。

沒注意到前方的人冒冷汗，東風回過神後連忙鬆開手，再次低下頭。他隱隱感覺到虞因剛才情緒的變化，不由得浮出心虛和愧疚，於是補上道：「我會盡量幫忙你學妹的事情……

你看看還有什麼需要我做的吧。」

在心中嘆了口氣，虞因再次往後看，伸手拍拍對方的狗頭。「那我就不客氣了。」這兩個小的都一樣，聿上回裝死之後也突然做了好多點心，那幾天午餐、晚餐都是他愛吃的菜，深怕他不知道這是補償。

看來關於工作室還有東風記憶的事，還要再等一陣子了。

完全不知道雙方心裡想法其實差異很大，兩人懷著不一樣的心情踏進不同的工作間。

即使樓梯上的對話令人不太愉快，不過虞因還是趁翻冷凍櫃時調整好情緒，另外因爲發現聿不知什麼時候又做了好幾款手工冰淇淋，大半都是他喜歡的口味，也消弭了些許不爽。

把幾盒特意分裝的小冰淇淋放進冰桶，順便又偷渡點雪酪與小零食，虞因蓋好上蓋，提起略有點沉重的冰桶一轉頭，差點被落地窗外的黑影嚇一大跳。

二樓的兩間工作室各有座陽台，聿和東風分別在各自的陽台種了點花花草草，尤其是聿這邊，滿陽台的食用香草、盆栽花果等等，幾乎就像個迷你版的農場，種類相當豐富，偶爾虞因閒著也會到人家陽台上拔點草或小果實吃。

已經被鎖上落地窗的陽台外，不知何時站了一抹黑影，背脊略駝，即使屋內有明亮的光源也無法分享絲毫給外面這塊黑暗；人形的五官模糊成一片、看不清楚，但那雙發紅的眼睛直直地盯著虞因，毫無情緒。

因為對方過於安靜，虞因只微愣片刻就回過神。「祢是……跟誰來的嗎？」

他第一個想法是懷疑家人最近可能又碰到什麼案件，畢竟幾個大人這陣子看起來就是奇奇怪怪，他也不是眞的腦弱，明顯是有什麼大狀況不想讓他曉得、甚至莫名插手進去，於是就假裝都不知道。

但如果「這位」是相關的話……

赤色的雙眼在黑暗中幽幽盯著光亮的屋內，空氣一度凝滯，虞因在內心做好可能要面對各種幻影或是鬼路又或是噴血什麼的心理準備，整個人緊張地面對黑影。

然而十多秒過後，什麼事情都沒有發生。

「……？」

立於窗外的黑影默默地朝他一躬身，好像有種「那就拜託你了」之類的意味，接著退後消失在黑夜中。

虞因有那麼一瞬間整個人呈現呆滯錯愕狀態。

——所以是什麼意思啊喂！

快步衝上前去打開落地窗，除了隨風搖曳的花花草草與一片沁香，別說黑影，人影都不見一個。

所以是路過？

不不，他很有把握那存在是在等他發現，對方確確實實凝視著自己，刻意等自己回頭。

既然有事情找他，至少給個線索啊！

按著腦袋，雖然沒有受到身心傷害，但虞因覺得整個頭殼裡都是問號，完全無法體會對方行禮的用意。

還不如給個畫面呢！

這年頭阿飄「你猜你猜你猜猜猜」又升級了嗎？但他並沒有長出那根不科學的靈犀啊，鬼才知道鬼想要表達什麼！

「你在幹什麼？」

「喔靠！」

正陷入問號風暴的虞因被突如其來的聲音嚇了一跳，才發現東風站在門邊，疑惑地看著他表演。

「外面有什麼嗎？」東風看了看陽台外，不是他要多心，但眼前的傢伙三不五時就來一段與異世界的第三類接觸，他們都快要懷疑成自然了。

「就……有禮貌的飄。」無法得知意圖，不過對方沒有搞他也沒有攻擊，甚至還鞠躬，虞因只能這樣總結。

「……」東風看人沒怎樣，無言地調頭。

幾乎同個瞬間，虞因猛地看見對方身上出現一大片血色污痕，並且有快速擴散的跡象。

「等等！」

東風回過頭，一臉不解。

虞因啞然看著友人，他今天穿的是素色衣物，所以更讓滿身的血紅突兀明顯，乍然看去簡直就像半身的血都攀附在上面，非常駭人。在他想開口之際，那一片片血污就像蒸發般，突然又消失在空氣中，恢復回原本衣裝的色彩。

短短幾秒間，極爲不祥的怪異感彷彿警示般鳴起笛。

「你最近住我們家吧？」虞因往前一步，抓住對方單薄的肩膀，不知道該怎麼形容那瞬間怵目驚心的畫面。「剛、剛剛有東西，我覺得不太對……最近可能……」

東風微微偏頭，想了想，「嗯，可以。」大概又是剛剛出現不知哪來伸冤的鬼，按往日流程，約莫這幾天可能會發生怪事，對方這要求並不奇怪，應該說其實他們早都習慣了。

凝視著好像眞的什麼事都沒有的友人，虞因想想，目前看不出個所以然，決定先觀察看看再說。

重新提起冰桶，他快步跟著友人離開工作間。

烘焙室的燈被按熄，只餘逃生指標的暗光在黑暗裡閃爍著。

沒有多久，樓下傳來落鎖及鐵門關閉的聲響，接著是車輛發動的聲音，不時還有幾句低聲談天。

空無一人的陽台上空氣微晃，一雙紅色眼睛再次於夜色裡睜開，靜靜目送車輛離去……

□

夜間，林致淵丟開手上已經沒了還手力氣的人。

冷淡的視線在周圍巡繞一圈，確定數名小混混都趴在地上，即使有餘力也不敢起來繼續找打，而把他們收拾一頓的幾名大男生則是拍拍手掌，試圖把毆打髒東西的不悅感拍掉。

林致淵鞋底踩上腳邊那名混混頭領的腦袋上，微微彎身，背著光瞇起眼睛，語氣極輕地警告：「下次再把腦子動到我們學生身上，就不是這麼簡單了，懂？」

頭顱感受到鞋底力量加重，鼻青臉腫到看不出模樣的混混連忙噴出口水與句子：「懂懂懂……」

「如果又讓我聽見我們學校學生被店家打工拐騙，我也算在你頭上喔。」把身體的重量半壓到腳上，林致淵微笑了下：「畢竟這附近我不知道還有幾家。」

「幹、幹幹幹……我跟你講還有哪裡——！」混混終於受不了連眼眶都被壓迫的恐怖感，沒多久就把學校周邊幾家新興的黑店供出來，講到後面聲音都是抖的，深怕頭上的腳真的把他腦子踩爆。

收獲名單後，林致淵才心滿意足地把腳移開。「滾吧。」

周圍男生們讓開條路，混混們終於不繼續在地上裝死，連滾帶爬地逃了，可能是距離給了他們一些安全感，竟然在遠處放話說後頭有人會來收拾他們云云。

林致淵倒是無所謂，反正超出學校以外就不是他該擔心的事，而是出社會的學長們要去喬的事了，他只負責管與學校相關的問題，這也是和學長們說好的範圍。

「小淵你今天是不是有點心不在焉啊。」一邊有個膚色曬得較黑的男生走過來，後面是其他人開始打打鬧鬧準備各自去牽車的畫面。「你剛都把一個小渣渣的手踩斷了。」

「有嗎？」林致淵歪過頭，一反幾秒前的冷漠，微皺眉地看著褲管被濺到的一片血漬，回去又要花時間手洗了，挺麻煩。

「……你把人擼倒在地就把他手踩骨折了，你居然不知道嗎？」男生想起開場那個斷骨聲就覺得後頸有點涼，沒想到凶手竟然還不曉得嗎？

「啊，我以爲沒斷，他骨頭這麼脆的嗎？」林致淵略訝異，開始混戰時他沒特別在意，看來以後踩人不能過於用力了。

男生無言地拍拍這位學弟的肩膀，不過經過這段時間的相處，也習慣了對方夜間和白天不同的模樣。嘛，總之捱揍的都不是好人，別搞出人命就好。「今晚應該沒啥事了，早點回去睡吧。」

「嗯！」

揮別同伴們，林致淵牽了自己的車後看了眼手機，已經凌晨三點，如果回去宿舍不要有人搞事，那到上課前他還有幾小時可以睡，眞是可喜可賀。

正要把鑰匙插進鑰匙孔，他突然感覺有道視線落在自己身上。

那種帶著悄然打量、意有所圖、盯著不放的異樣感，藏匿在深夜的街道裡，像條隨時露出毒牙、寂靜潛伏著的蛇。

分辨出細微的聲音自何而來，林致淵一個暴起，躲在垃圾箱附近的人連忙竄逃，但很快就被踢倒在地，如同白天遭遇的一樣。

「又是你？」林致淵面無表情地俯瞰倉皇收拾地上相機的人。

白天在學校裡偷拍林粼粼和女同學們的偷拍狂。

並不意外這人這麼快就被放出來，聽過李臨玥描述就可知道，這慣犯顯然有點背景，且白天的偷拍照片其實沒有出現不雅之處，窺拍女宿也沒明顯拍到什麼，有人幫忙操作，倒可理解他為何能那麼快就出來蹦跳。

偷拍男被撲時雖然摔了個狗吃屎，但驚嚇過後，反而出現詭異的笑容，「學生打群架啊……都拍下來了……就是你、你完了……」

林致淵露出有點迷惑的無辜表情，好似把人踹倒的並不是他，語氣也有點輕飄飄，整個人夢遊般蹲下身，一手搭在偷拍男的脖子，手指按住頸動脈上的那層皮膚，慢慢地施力。

「那又如何？我看起來很像好孩子嗎？」

「你你……」不知為何，偷拍男突然冒出一身冷汗，原本因為某個惡意目的才來針對這學生的腦袋開始空白，慢慢產生恐懼。可能是因為眼前這個男孩掐著他的表情過於平淡，眼神異常冷靜，加上剛才他面無表情地把小混混手踩斷的影片還在記憶卡裡，他竟然出現「這個人手上恐怕沾過人命」的驚悚想法。

這麼一來，就算可以拿到錢，代價是他的性命也不划算啊！

「刪掉吧，爲了我們雙方好。」不知道對方腦內正在想什麼，林致淵把手從男人脖子上移開，拍拍對方慘白的臉頰。「你不要找我們學生的麻煩，我也不找你麻煩，好嗎。」

偷拍男回過神時，那些本來要用來威脅人的影片已經沒了。

「很好。」林致淵滿意地站起身，無視偷拍男差點屎尿都被嚇出來的慫樣。「回了，晚安。」

呆滯地目送大男孩騎車離去的背影，久久才回過神的偷拍男往自己臉上甩了一巴掌，連續罵出好幾句髒話。

竟然被個大學生恐嚇了！

不過也就是個小屁孩，竟然還覺得他會殺人，搞屁啊！

偷拍男越想越賭爛，尤其是發現漏了點尿之後心情更差了，今晚不但臉丟盡，連本來可以賺一筆的影片也沒了，難得讓他看見懸賞目標，可惡！

撿起手機和相機，他滿口穢言地打算去找個警衛不怎麼嚴謹的女宿安慰下今晚糟糕的心情。

猛一回頭，男人突然和紅色的眼睛對上視線。那是一雙比剛剛的大學生更加沒有任何人類感情的雙眼，放大的瞳孔甚至讓這雙眼睛看上去毫無神智，灰色的膜覆蓋其上。

他過了好幾秒才意識到這不是活人的眼睛。

男人嘴巴開開合合，喉嚨裡傳出不自然的咕咚聲，其他聲音像是被哽在喉管下方，沒辦法發出。

如果可以喊出來，那個可能還沒離開太遠的小孩或許會調頭回來。

但是他喊不出來。

□

東風猛地頓了下。

深夜時間，他不小心打了瞌睡，桌上的螢幕畫面已顯示出階段性的結果，等著他查看。無意識地伸往滑鼠方向，這才發現桌邊被放了個保溫瓶，身上也披了件薄毯，原先過低的冷氣溫度被調過，現在變得較爲適宜。

他住在虞家很少鎖門，這家人尊重大家的隱私，即使是大人也不會隨意開小孩房門，整體環境令人很安心，鎖不鎖都沒所謂。就此前提下，會這樣進來的就一個聿，因爲他們兩個經常私底下討論各種問題，並且習慣彼此不多話的作風，於是達成如果有急事可以不用打招呼、逕自出入對方房間的默契。

顯然在他睡著的期間，聿那邊有了點比較緊急的發現，想找他討論而進來過。

拿過保溫瓶，東風打開聞了聞，是助眠的茶水，一邊還有個裝著小點心的保鮮盒，接著是一疊紙張，聿應該就是要拿這些紙給他，發現他睡著才多了身邊這些小物件。

文件上有張便條紙，青年漂亮的字跡寫著要他如果想睡就到床上睡。

這時間其他人應該也都熟睡了。

東風快速翻看那幾張紙，是不小心睡著前還在和聿線上討論的名單，他還是不喜歡過度看螢幕，比較重要的訊息會列印出來，聿那部分已整理完印好，可能還想和他講點什麼……

看來要等明天了。

喝了口暖暖的茶水，東風把電腦跑完的一些訊息貼到和聿共享的文件夾裡，然後繼續下一輪。

主要是在排查林粼粼的粉絲頁留言，聿做了點小程式，加上幾個關鍵字，可以快速複查這些留言，然後再分別反查有問題的留言者。

歪著頭對那些快速流動的文字發怔了半晌，他突然想起晚間虞因問他的話。

當時他還是沒有老實地告訴對方原因。

側身從一邊畫本裡取出林鄰鄰當時遞給他的紙條，上面寫了幾個她經營的網頁帳密──除去這些，還有小小的文字。

救我。

當時杏眼少女很有精神地笑著把紙條遞給他。

從李臨玥等人那邊可知女孩經過了兩個月的不安，或許是她表現得依然開朗，所以周邊的人也都正面以對，雖然擔心，但不到全體爲她恐慌的程度。

只是女孩承受的精神壓力眞的對她沒有影響嗎？

未必。

越是開朗，就表示她越害怕。

東風出神地搓著紙條，他不完全的記憶裡，有一段時間也是呈現和女孩很類似的狀態。

越是表現討厭人群，越是希望有人可以發現他。

他不想與其他人在一起，但他又希望可以看見其他人。

女孩應該沒有向周邊人說過這兩個字，偏偏在寫紙條時把這兩個字遞給初次見面的他，沒有自口裡說出，但已足夠表現她內心極度的惶恐。

翻看女孩的粉絲頁，她並沒有隱藏自己被偷窺跟蹤的事情，反而用精神十足的文字填寫日記。

——我會加油！絕對不會輸給壞事。

——今天也是快樂的一天，用生命的美好驅逐那些不好的事。

——謝謝大家的鼓勵，我沒有被打敗喔！

……

……

或許是這些人已經習慣了用陽光打造面具，在面對幾千幾萬粉絲與親朋好友時說不出害怕，而是想讓大家看見她的堅強和厲害。

於是她只敢悄悄地在紙條上寫出兩個字遞給陌生人。

東風不太明白為什麼對方會選上他，畢竟就親切度而言，大部分的人或鬼，都會朝虞因發出求救。

就像他不明白宅配先生和林致淵為何老是喜歡圍著自己轉。

嘆了口氣，東風把紙條順平，壓回畫本裡。

「好麻煩……」

真的很不想管閒事啊。

□

「我覺得不行。」

走後門之後受到幫助，林鮲鮲很快得到自己保溫杯的檢測結果，幸運的是，並沒有接觸過會讓人理智斷線的不明物。不幸的是，警方無法保證竊賊有沒有舔過杯子或是把杯子洗得很乾淨、乾淨到無法驗出東西。

於是保溫杯最後的去處依舊是回收場，接著是塞在杯子裡的白羊娃娃。

本來布偶也要去物理超渡，不過兩件物品都被虞夏扣住，理由是竊賊故意把東西送過來，必然有某種用意，還須查看是否有其他意圖。

對此林粼粼表示完全同意，她巴不得別拿回這些噁心東西，即使那個羊看起來再無辜也一樣。

在工作日拍攝一系列服飾的休息空檔，林粼粼在休息室看著和大家連線的平板，邊往旁邊的東風靠過去，想吸口美貌補充元氣。

東風側開身，讓明顯想吃豆腐的小模特撲了個空。

林粼粼直起身體，嘟起嘴，今天第八次的失敗，果然矜持的小美人都不好靠近。

「不過妳眞的對羊玩偶沒有印象嗎？通常這樣做，很可能是你們之間有過類似這種物品的連繫。」開著群組對話，虞因好奇地詢問。

「沒呢，眞的沒有，我喜歡的也不是小白羊，之前對外公開採訪和平台說的都是銀喉長尾山雀，網路上很紅的那個白色小鳥有沒有，毛茸茸的像顆雪球。」林粼粼比劃了下。「粉絲大多也都是送那個喔，我家有一大堆。」

「眞不知道有什麼含意。」虞因頓了頓，有點好笑地開口詢問：「我家那兩小的沒問題吧？」

今天林粼粼和李臨玥有平面拍攝工作，是下一季的系列服裝照，原本小海要過來幫忙照顧，但手邊的工作似乎出了問題，臨時無法來，虞因這天又有客戶要交案，一輪下來最後居然是東風主動同意前來，而聿也在虞因的要求下，勉強點頭跟上。

畢竟東風實在沒有戰力，即使他的噴霧會要人命，但遇到暴力型對手顯然就不夠看了。

虞因對東風的選擇感到有點意外，但結合昨天那番對話好像又不令人吃驚，畢竟東風爲了彌補對他的愧疚感，還特別說會在這件事上幫忙。

「沒～問題！剛剛造型師姊姊和老闆還追著他們想給他們配裝呢！」林鄰鄰扭頭看向一直在角落沉默著敲電腦的聿及東風，花痴地感覺自己今天得到兩位優質騎士。其實她有點後悔昨天在紙條上留言，感覺好像強求了小美人，然而小美人並沒有提起這件事，讓她放心不少。「說起來兩位學長眞的不拍嗎？虞學長要不要勸勸他們，老闆開的價位很不錯喔。」

上午過來時東風拿掉口罩喝水被偷拍，老闆和設計師在群組上看見照片後立時衝來，據說是東風的臉與幾個系列設計圖預想的虛擬模特兒臉長得非常相似，好死不死那個預設臉還是他們創業時就開始使用的，貌似是兩位年輕時代的理想臉孔。

這說起來又是個故事，這臉是老闆等人還在大學時，十分符合中二幻想的理想面孔，隨後老是拿來畫設計圖用，一度妄想要找個這樣的老婆，爲此沒被老闆娘少嫌棄過癩蝦蟆想吃天鵝肉，沒想到多年後驚見肖似的眞人，怎麼不讓他們震驚。

一起追著跑的造型師就單純只是見色起意。

「我們聽見了。」東風冷哼。

聿盯著筆電快速跑動的畫面和字母數字，對外界的調侃保持一種開了結界的隔絕狀態。過了一會兒，他敲下某個按鍵，把螢幕畫面同步給看似很閒在等客戶的虞因。

「……等等這是什麼監視畫面？攝影棚的？」虞因差點沒把嘴裡的茶水噴出去。

畫面是幾個小格子，割分出不同影像，其中赫然映出正在外面拍攝的李臨玥與攝影組、服裝造型等人員，當然也出現了休息室的畫面。

過了一會兒，聿的個人訊息被敲響，虞因直接避開其他人，用文字發來他的驚恐：「你們別閒著入侵人家的監視器啊啊啊啊啊啊！」

聿聳聳肩，決定無視私訊。反正他們要監控林粼粼身邊出入的人員這樣比較方便，沒被抓到就不算入侵。

與此同時，休息室的門被敲了幾下，一名約莫二十多歲的女性探頭進來：「圈圈上場了喔。」

「好～」林粼粼關掉群組，拉著有點長的裙子蹦出去。

她這身是森林小仙女風格，整個人看起來很靈動，長裙相當輕盈，跑動時外層還會飄。

李臨玥在攝影棚裡，所以聿兩人並沒打算跟出去，透過手上的監視畫面某方面來說更加清楚現場人員的一舉一動。

基於林鄰鄰那些偷拍相片裡有針孔，所以在李臨玥幫忙下，他們暗地裡在現場走了兩圈檢測，目前沒有發現針孔的痕跡，忙進忙出的人員也沒有異狀，暫時算安全。

「小東風，你試試這些衣服好嗎。」女性並沒有跟著離開，反而推進一架子花花綠綠的衣服，語氣親切地試圖連哄帶騙：「這都是我們之前的設計款，因爲特小號沒幾個人能穿，老闆覺得你一定穿得下去，可穿的話就送你呀。」

「……」看著一架子服裝裡明顯參雜著好幾套女裝，東風此時就想回送老闆另外一種東西，例如陰間車票。

「有些是中性服裝啦，不過你穿女孩子的衣服肯定也很適合，不介意的話就一起試啊，我們老闆和設計師還在翻適合你們的，有好幾架子唷！」女性朝兩名好看的小孩眨眨眼，特別是目標物東風。

這位女性叫作麗娜，是造型團隊的一員，與林鄰鄰有私交，兩人高中同校，畢業後直接入行沒有上大學，後來介紹了林鄰鄰給老闆。和大家一樣，今天看見隨著李臨玥兩人來的聿和東風，除了盯上顏值，知道老闆那故事的造型團隊蠢蠢欲動到近乎暴動，非常想把這兩小孩拉來飆各種夢想裡的造型。

這兩孩子一看就知道資質有夠好，肯定是男女裝通吃，可惜到現在兩人都還是死咬著不答應，白白浪費那好臉好身材。他們老闆甚至不要臉地對小孩們進行利誘，表示他們如果願意拍一套照，除了多給一倍價錢，連同李臨玥和林粼粼都一起加薪。

依然被拒絕。

眼看林粼粼他們的拍攝都快結束了。

於是傷心的老闆和設計師只好不死心地去挖滿庫的服裝，希望兩小孩能因看見喜歡的衣物多少試穿點，特別是東風的，這些年來適合的服飾被挖了許多出來。

沒多久又推進一架子，這次是聿的尺寸。

東風看了看那一架子高挑帥氣許多的訂製服裝，再看看推給自己那混合女裝的架子，表情逐漸地獄。

「不試！」光看就讓人很生氣！

聿看了眼快要被當玩具的東風，安靜地繼續敲筆電假裝自己不存在。設計師等人對東風的興趣最大，他只要把東風甩出去當祭品就好了。而且手上新的一波解碼正是重要關頭，同時還要監看林粼粼在外面拍攝的畫面，他有正當理由維持手上忙碌的工作。

沒有李臨玥和林鄰鄰救援，加上聿的刻意無視，幾分鐘後東風就被趁隙跑進來跪求的老闆及男男女女給淹沒了。

休息室那端吵吵鬧鬧，開著冷漠結界的聿繼續手上的忙碌。

他和東風花了一晚的時間把林鄰鄰幾個平台的留言和後台數據做了過濾，幸好最近他們因與警方私下合作，自製和取得不少有趣的小程式可以加快這個進程。

即使如此，惡意的留言還是不在少數，林鄰鄰拿出的那份名單只是當中最險惡的一小部分。

從對方精準取得林鄰鄰的物品再到把東西放到她的桌上，這過程都不被拍攝到，足見這個人、或是這些人已經盯著林鄰鄰很久，絕對不只兩個月，且非常沉得住氣，一一釐清她周遭的事物，很有計畫地執行小動作。

這種存在的痕跡很可能不會在留言中過於明顯，至少不會像那些寄符咒的這麼顯眼，相反地，說不定還會時常留下各式讚美。

有這種耐心，如果「他」不要主動做點什麼，說不定林鄰鄰至今都沒能發現對方。

那驅使「他」動作、讓林鄰鄰注意到的理由是什麼？

終於不想在暗處了嗎？

長期的跟蹤令他非常有把握能夠躲避一切追查？抑或某種他不得不開始動手的原因？

塞布偶的行為在聿眼裡看起來其實相當粗糙，這很明顯具有目的性，並且強烈希望林粼粼把目光放在「他」身上，從這一刻開始，「他」原先的藏匿都會逐漸消失意義。

只要他是個人，或是排查監視畫面的人夠細心，他很快就會露出馬腳。

「他」打算走到林粼粼的面前。

結束最後的拍攝，李臨玥和林粼粼回到休息室，正好和心滿意足的造型小組擦肩而過。

推開門，先看見的是埋在角落已經快要自閉的人。

「哇喔，哪來的天使。」

被獻祭的東風遭到造型小隊一陣折磨，幸虧最後那些人沒有喪盡天良地往他身上套女裝，只套了中性服飾，但臉妝髮妝短短時間內快速完成，猛一看居然給人精緻晶透的瓷娃娃感，剛進門的李臨玥兩人瞬間眼睛發光。

李臨玥非常沒有良心地拿出手機直接拍幾張美照，然後傳給虞因和嚴司，隨後收到一連串的哈哈哈哈。

東風幽幽地抬起頭，滿腦子裡面只在想要往中央空調和水塔投毒毒殺整大樓的人需要多少分量的化學劑量。

「啊不，眞的很漂亮，小東風你不要哀怨。」李臨玥很早就知道這孩子打扮起來肯定很殺人理智，但沒想到會眞的這麼好看。造型師給他做的髮妝都不會女氣，和服裝一樣往中性靠攏，反而把東風獨有的特質發揮得很徹底，看著就像無性別的精靈或天使，誘人想捕捉回家藏起來。

可惜他現在渾身殺氣，破壞了純淨的美感。

「好、好想摸。」林鄰鄰抹抹差點溢出的口水。

「……你們有十秒可以留遺言。」東風把理智線剪斷，搖搖晃晃地起身，決定放任自己去消滅人類。

「別啊，想想你的家人還有朋友，年紀輕輕的不要放棄別人的人生啊。」李臨玥連忙搭住快要黑化的小孩，突然注意到他手腕上閃亮的物件。「哎？唐哥居然把這東西送你了，獨一無二啊小東風，他們眞的很喜歡你的外在。」唐哥是團隊的首席設計師，就是那個理想臉創始者的另外一人，整公司的服飾原型幾乎有八成出自他手。

東風被動地抬起手，這才發現手腕上不知什麼時候被掛了兩、三圈銀色細鍊，鍊身有著鳥和羽毛的圖紋，甚至鑲了幾顆寶石，非常細緻典雅，一看就知道價格不菲。他皺了眉，想把東西卸下還人。

「別脫，老闆他們剛剛說這一身都是要送你的，交換條件就是讓他們保有拍下的照片，他們不會商用，只留著自己欣賞。」李臨玥笑了笑，大概也很懂那群人憤慨又遺憾的心情。「你身上這整套是他們心中的痛，之前沒找到這麼契合主題的人來穿。可憐可憐他們吧，走設計的人就是需要一片實現靈感的綠洲。」

「……」被當成綠洲的東風默了兩秒。

說是這麼說，該殺死的還是得殺死！

幸好到最後攝影棚裡裡外外的人還是都活下來了。

李臨玥男友來接人時，看見東風也表情空白了兩秒，隨後咳了幾聲招呼大家上車。公司的人塞了好幾大包的衣服到後車廂，以老闆和設計師唐哥爲首的團隊亢奮地歡迎東風和聿下次再來玩，然後整個公司都被東風設爲黑名單。

沒遭到毒手的聿只換了套帥氣的黑色新款，悠悠哉哉地破譯了一天的暗碼與整理名單。

穿得一身雅緻幽美的東風一直沒找到自己原先的衣服，所以身上服飾換不掉，直到上車前才有個小助理恭恭敬敬地拿出他被打包好的原本衣褲，讓東風差點又失去理智。

「啊我知道這個故事，就是仙女的衣服被藏起來回不去天上。」往對方身邊貼的林粼粼還下了個結論。

妳才仙女被藏衣服！

東風已經懶得朝對方噴毒液了，疲憊地將手邊的狗頭推開。

還有那明明就是個性騷擾的故事，被偷看洗澡還被藏衣服什麼的，根本應該把對方按進水裡面淹死好嗎。

一行人在林粼粼的租屋處下車，白天來的時候聿把車停在這裡，他們先送林粼粼回家，李臨玥的男友還有工作得忙要先離開，東風和李臨玥晚上會留下來，聿則是取車回工作室。

林粼粼租的大樓位置不錯，周邊也有幾棟較早建成的舊大樓，隔兩條街則是商業大樓群，附近店家相當多，非常熱鬧，光是這棟大樓下面就有好幾家網紅店吸引人潮。如果林粼粼平日不要亂跑，只在住所這帶出入，其實還是有相當的安全保證。

下班時間人多，他們下車的位置也塞滿車輛，大樓前不好臨停，李臨玥的男友在對街放人，一行人只要過個斑馬線就可以到達目的地。

「我早上有預約甜品，等等聿學長可以帶回去和虞學長一起享用。」林粼粼去工作室時發現這些學長們似乎很喜歡吃吃喝喝，向李臨玥打聽後，她就快手下訂單，打算在三位各有特色的學長面前刷一波好感度——畢竟那工作室美的美、帥的帥，完全可以當成良好的洗眼睛、補充生命力與昇華靈魂的精神綠洲。

聿看了眼少女，默默地想到自己也訂了一盒，打算回來時順便拿，希望兩人預約的不是同店家，這樣他就可以吃兩種。

幾人邊說說笑笑，邊順著人流在綠燈亮起後魚貫穿過斑馬線。

東風依舊不太開心，頂著一張被周圍人側目的臉……他就不知道都已經口罩戴好戴滿了爲什麼還會被圍觀。抱持著有點自暴自棄的心，他想快點上去把這身東西卸掉，有機會還是去把那些人類都毒死吧。

訂立目標的同時，東風突然被側邊路人一撞，差點往車道摔出去，幸好被旁邊的聿手快地拉了一把。

確認人站好了，聿才把手放開。

撞人的路人已經找不到蹤影，大多行人也都走到馬路的另外一端，留給行人的讀秒時間僅剩幾秒。兩人沒停頓太久，邁開腳步打算盡快與同伴會合，也就在此時，他們聽見了巨大的轟響與遲來的各種尖叫聲。

對向一輛轎車以極快速度撞開前方機車，筆直地往斑馬線與車道衝來。

虞因送走客戶，隨手打開電視。

電視台正在播報清晨街頭出現男性屍體的新聞，因無任何致命外傷，初步研判可能是某些疾病引起的猝死。周邊沒有監視器，故無死亡前的畫面，但警方通過死者身上的手機與證件已聯繫上死者家屬，正進一步釐清死因。

看著新聞公布的照片，虞因突然覺得有點眼熟。

「……偷拍狂？」越看越覺得似乎是昨天在大學被學弟他們逮到的變態男，虞因連忙回看群組對話記錄，確定了掛掉的街頭屍體就是那個偷拍男人。

這是傳說中自由即暴斃嗎？

雖然感到哪裡怪怪的，但並不覺得有什麼好同情，虞因在下一則新聞出現後就把猝死新聞拋到腦後。

沒多久，手機傳來一連串提示音。

李臨玥傳來了一堆照片，點開之後差點沒被東風的美照笑死，妝扮起來還真的有那回事，如果東風的眼神不要那麼恐怖就好了。

虞因開始思考要找點什麼，讓那個可憐的朋友明天回來後心情能好點。

今天的東風有很多決定都滿讓人驚訝，包括在林鄰鄰那留宿，雖然李臨玥那傢伙也在。以前的東風很不喜歡過於干涉別人的事，更別說在陌生人家留宿了，每次要他過來家裡，他總是拖拖拉拉、不乾不脆。

看了眼牆上的時鐘，那邊結束預計是傍晚，聿回來差不多是晚餐時間。虞因翻翻今天的行事曆，有公告下午烘焙工作休息，他或聿也沒有其他客人的預約，不知道大爸、二爸今天晚餐會不會回來吃，可以訂一桌好吃的大家放鬆一下。

燒烤好像也不錯，大家很久沒有一起去吃烤肉了，吃飽還可以外帶個燒肉盒去給東風和李臨玥當宵夜。

向父親們發完詢問訊息，虞因開始查燒烤店還有沒有空位，順手又點開剛剛下載的那堆照片，除了李臨玥拍的以外，還有那些設計師們趁亂拍攝的各種美照。

不得不說專業造型師還是很厲害，猛一看真認不出這是東風，非常像二次元裡的夢幻生物。看著暫時挑染的髮色與髮片，他都懷疑如果不是時間不夠，那些設計師很可能會想給東風上個淡金或是淡銀白的顏色，畢竟那種淺髮色和衣服看起來更搭、更虛幻清冽。

後頭還有幾張聿的照片，雖然沒有東風那種顛覆性地大改造，不過完全就是暗黑系的貴公子，非常精準地抓住高冷尊貴的神韻。

嗯，果然是個魔王小帥哥，下次要幫他牽感情線介紹小女朋友時，這個可以拿來當形象照，一定會吸引一大筐小女生。

快樂地想像了半晌子孫滿堂的畫面，虞因終於敲定一家晚點可訂到多人座位的燒烤店，這時大人們也回訊說正常下班，他就愉快地訂下位子，把店家地址傳給其他人。

按下發送鍵的同時，虞因微微瞇起眼，一陣細小聲音從樓梯口傳來，如果不是因為現在夠安靜，且他剛剛去拿東西沒有把走廊門關起，很可能會忽略這個像是偷偷推開門的聲響。

轉過身，他確實聽見更小的步伐動靜，似乎有人悄悄從二樓躡手躡腳地進入。

虞因點開平板，很快調出工作室裡外的監視器畫面，對方顯然也意識到屋內有監視器，很小心地避開會被拍攝的位置，但影子還是被投射在牆面上，清楚可見是名男性，舉著手不知道在幹什麼，不過只有一個人，貌似無同夥。

屋外沒有其他人。

可以看見入侵者正打算下樓，不過他在踩下幾階之後發現樓下有人，突然很快速地往原路撤退。

沒打算讓對方來去自如，虞因快速地三兩下跳上樓梯，在烘焙室撲倒想要衝出陽台的傢伙。

「投降！投降！」正面朝下用臉撞地板的入侵者馬上大喊：「我只是來拍都市傳說的！不是壞人！」

「你都入侵民宅了還不是壞人。」虞因差點被對方氣笑了，簡單搜身後沒發現這傢伙身上有武器，反而注意到剛剛被撞飛出去的手機螢幕還有畫面，仔細一看竟然是直播，上面的留言已經列滿整排「啊啊啊啊啊啊」、「塊陶啊」，大概在哀嘆這傢伙被現場逮住。他伸手過去把手機關掉，然後把入侵者翻過來，來者有張年輕的臉，看上去可能和自己差不多大，更可能只是個腦殘大學生。

「對不起啦我真的只是想拍都市傳說……你們拒絕好多次了，我就是想拍點素材。」青年哇哇亂叫了好一會兒，招供自己是經營怪奇頻道，因爲網友極力推薦，所以才想偷偷來拍傳聞的工作室。

「你知道『拒絕』是什麼意思嗎，拒絕就是我們不想要被拍攝。」把人從地上扭起來，虞因邊報警邊把人拽到一樓。「你是怎麼進來的！」

「……我看二樓沒鎖就……」青年縮著脖子，哀哀叫了幾聲拜託別報警之類求饒的話。

虞因才不想鳥這種人的話，心情很糟糕地把人交給快速到達的巡邏員警，重回工作室時，突然想到今天二樓的兩人都沒來工作室，昨晚他們明明檢查過門窗，照理來說，二樓門窗應該都是鎖死的，更別說他們還有一層防盜窗。

……果然小偷的話不可信，八成是想脫罪才謊稱門窗沒鎖好。

與留下的員警重新巡視整間屋子，確認沒有物品丟失及其他人躲在裡面，虞因把二樓的門窗再次關緊，另外在陽台處發現了剛剛那名入侵者的包包，裡頭只有瓶水與皮夾證件，看上去還眞的像是臨時起意。

畢竟一般闖空門的人應該不會把證件包括健保卡、會員卡什麼的全帶在身上。

送走員警後，天色也不早了。

回了虞夏那邊的詢問，虞因稍作整理，打算等聿回來後按原先預定去吃燒烤，並不想被亂七八糟的垃圾人打擾計畫和心情。

抬起頭，他直接與一雙紅色眼睛對視。

還是一樣的安靜。

靜止的人影站在玻璃門外，與裡面的人對望，紅眼睛如一灘死水，直勾勾地望著人間景色，如果不是確實知道「這位」已經存於不同世界，可能會讓人有點錯覺這只是抹不起眼的普通剪影。

「……」虞因怔了幾秒，但很快回過神，因爲眼前這道黑影從出現至現在完全沒有「情緒」，沒有仇恨也沒有死亡前的恐懼，如同裝飾品般在那邊看著。

這是沒有意識到自己已經走了嗎？

遇過各式各樣的亡者，虞因多少有點猜測。

但要說不知道好像也不對，通常不知道的會在原地遊蕩，或是按照本能返家、或去祂生前最後想去的場所，出現在這裡並不對勁，而且看感覺好像是刻意留在此處。

「祢……有什麼需要幫忙的嗎？」小心翼翼地盯著紅色眼睛，虞因動作極小地把手放在一邊的小背包上。

好像程式運作遲緩的３Ｃ產品，黑影寂靜了幾秒後才有反應，無力的手臂溫呑抬起，指了某個方位。

幫幫……

黑影僵了僵，嘴部的位置慢慢地挖出一個小小的空洞，從那裡發出極低的咕咕聲。

幫忙……

「幫忙什麼？」

虞因一開口，黑影倏地消散在空氣裡。

「……」這是要怎麼幫啊！

無語至極後，虞因無奈地拎起手機，打算先詢問看看最近有沒有奇怪的屍體或命案。

下秒，他看見已經裂開的手機螢幕，以及黑色面板上小小的文字。

「……」

說好不動手！

但這個地址看起來很眼熟，雖然只有個路段……啊靠，這不就是學妹留給他們的大樓所在位置嗎。

莫名就覺得眼皮在跳。

虞因立即整理了物品，關掉電視，拿了摩托車鑰匙後，鎖門離開工作室。

□

「真的不用去醫院嗎？」

林粼粼蹲在地上，盯著坐在沙發上的兩人。

聿搖搖頭，剪掉手上最後一截繃帶，然後將剩下的收回背包。

「我覺得還是去看看比較好。」李臨玥拿了幾瓶水過來，看著聿把稍有破損的上衣套回去。

「等等我載你們過去吧。」程奚岳看著有點狼狽的大男孩，不知道該佩服對方剛剛的勇氣還是該說他們運氣太好。

失控的車子衝過來時，聿拽著東風往旁撲倒躲開，但倒楣的是手臂被路邊尖銳物劃開一大條傷痕，光看就覺得很痛。然而這男孩居然面色不改，除了臉白了點、噴的血多了點，看上去幾乎沒有異常。

幸虧車子撞上分隔島後就停下，裡面的駕駛也被憤怒的路人拽出來，是個酒駕發瘋的傢

伙，不知道喝了多少，茫到分不清東南西北，明顯把油門當煞車踩，進而引發事故。

想到這邊，程奚岳不由得又看了眼兩小孩。

所以說，爲什麼他們身上會有這些醫療藥物啊？這是隨時會出意外的準備嗎？太驚人了吧！

怎樣都想不明白小朋友們背包內的神祕事物，程奚岳決定不要想太多，畢竟女友說過，她這最好的朋友家長都是警察，說不定是因爲這樣才會下意識隨時準備急救物品呢。

「不用。」聿低聲開口，對著李臨玥說：「我可以。」

「……行吧，不過讓阿岳載你一程。」李臨玥看著對方目前的狀況，有點擔心，原本她是想打電話叫虞因來的，結果被聿制止。也不意外就是，畢竟兩個小的比較傲嬌，屬於出事不想讓人擔心的那種，看在聿精神年齡搞不好比虞因還成熟很多的份上，她決定相信男孩會好好照顧自己。

「不用。」聿還是拒絕，單手發了訊息給虞夏，請對方下班過來取車。

「虞因沒有回訊息。」坐在一邊的東風看著未讀的訊息，微微皺眉。車禍後他立即幫聿傳訊給對方要他取消他們的晚餐，然而警察來了、警察拽著酒駕的渾蛋又走了，一、兩小時過去，虞因還是沒有看訊息，也沒有回電。

這就有點奇怪了。

聿和東風、李臨玥三人交換了個視線，大家心中都有個不太好的預感冒出來。

「呃……往好的方向想，說不定他手機忘記充電或是掉到馬桶裡，總不可能頻率那麼高吧。」李臨玥咳了聲，提出樂觀的看法。

「他蹲廁所不玩手機。」東風默默地開口：「而且工作室有座機。」他打了座機，也沒人接。

「先回去吧。」聿收拾好東西，決定直接回去弄清楚狀況。

程奚岳幫忙打開門，即使小朋友排斥被載，但還是要送他到樓下，親眼見到上車會比較安心。

外面鐵門被打開時，有個東西在外頭一晃，程奚岳下意識按住晃過來的袋子，才發現鐵門的門把被掛了塑膠提袋，看清後，竟然是杯手搖飲，剛掛上來沒多久、冰塊還在，旁邊還夾著信封。「有叫外送？」

屋內的另外幾人搖頭。

林粼粼立即打下去警衛室詢問，很快地，得到了回應是剛剛確實有外送，而且指定要送到門口，警衛因爲不方便讓外人進入，所以幫忙提上來掛。

掛掉對講機時，林粼粼有點顫抖。「他說……他說那個外送給他看手機對話……有個自稱我……我家人……說我今天很不順，還遇到車禍……所以點個飲料想給我驚喜打氣……本來要請外送掛到門口……」

今天遇到車禍警衛是知道的，畢竟在門口，隨後聿等人又跟著林粼粼回屋，所以警衛沒有想太多，且好心地破例幫忙把飲料送來，並很配合地沒有按門鈴，等林粼粼的「家人」自己告知她驚喜。

程奚岳正要拿信封時被聿阻止。

「先報警。」聿看了眼飲料與信封，雖然上面可能採不到什麼東西，但有備無患，另外要把那名外送找出來，讓警方介入會比較快。

至於他們，還是得先尋找虞因。

□

完全不知道另一夥人的擔心的當事者，則是身陷在黑暗中。

並且感到困擾。

虞因傍晚離開工作室時天色尚未全黑，原本十分鐘左右的車程硬是騎了快一小時還沒到達，如果他還不明白發生什麼事情就眞的白混了。

手機沒訊號，沒法取消聚餐，也收不到任何訊息和電話。

眞．要死。

都可以想像得出他全家會出現什麼殺人表情。

機車停下後，連手機時間都跟著停下，原先裂開的面板除了黑色畫面和那排字以外，還可以看見時間的流逝，現在就像卡在最後一次看見的數字，不再動彈。

不知道這是暫時的還是他手機就這樣被陰間超渡，希望不是後面這個，他已經換很多次手機了，錢包與身心都感到靠杯。

嘆了口氣，虞因把摩托車停在一邊。

眼前是深黑的街道，空無一人的大馬路寂靜到沒有絲毫聲響，兩側的住宅、大樓群同樣黑暗，明明應該是下班的熱鬧時間，卻如同死亡空城。

在這裡唯三的光源只有不遠處的一盞路燈，以及路燈旁的大樓，十多層的大樓僅有一戶亮著，三個光源都是相同的昏黃色，微弱得無法再看清更多地方，像即將壞掉的燈泡，努力地最後掙扎。

雞皮疙瘩陣陣冒起。

對方的目的性太強，虞因根本不用猜該去哪裡，眼下很明顯只有一條路允許他走。

嘆口氣，他暗暗地拍拍背袋，希望等等中招前來得及噴大師給的噴霧。

踏進大樓，管理室與小中庭果然空無一人，與外面同漾被黑色吞食浸染。意外的是，電梯竟然還能用，不過看著閃爍不停的按鍵與頂燈，虞因覺得走樓梯說不定是比較好的選擇。

至少樓梯遇鬼還有地方跑……大概。

像是知道他的決定，旁側的逃生梯門「喀」的一聲打開了，原本烏漆墨黑的梯間亮起昏黃的光，且非常有氣氛地跳閃著，彷彿下秒會有什麼從裡頭衝出來，完全就是異空間的標準配置。

看著這麼有氣氛的樓梯，虞因再次感嘆難怪他和朋友去逛鬼屋都不害怕了。前不久被拉著去聯誼時，有智障朋友提議大家去某個知名鬼屋，結果走到一半整群人像無尾熊一樣扒在他身上，他還以為自己說不定終於可以得到漂亮女友了，結果出來後，目標女生就被智障追走了。

如果有機會，他想把那智障抓到這裡，讓他見識一下眞正的鬼屋，還有奪人目標之恨。

不過現在這裡只有自己。

虞因深深吸了口氣，走進樓梯間沿著階梯往點燈的樓層走。似乎是怕他後悔，當他走到標示二樓的台階，身後的燈光就滅了，向上的燈繼續點亮，不給回頭選擇的用意非常清楚。

下方階梯有東西無聲地跟著他的步伐，即使沒有回頭，虞因仍可以感覺到那雙紅眼睛正踩著腳印尾隨。

搓搓手臂上的雞皮疙瘩，他再度拾階往上。

一路經過的安全門都緊緊閉闔，不用嘗試也可知道必定都被鎖死，直到來到點燈樓層，七樓。

才一拐彎就看見安全門開著，到達這樓後，上方樓層也不再亮燈了，昭告終點站在此。

走廊燈亮起，筆直地越過第一戶與第二戶，最終停在末端的第三戶。

住戶防盜門已然打開。

室內光景映入眼簾。

微暗的客廳內有兩抹黑影無聲揮動著手腳。

乍看之下畫面有點滑稽，然而看清楚兩條單薄影子的動作後，顯然沒那麼喜感了。

兩片幾乎快貼在牆上的影子正在扭打，從體型來看是一男一女，男人的那片輪廓不大，與女人高度、身形相當，主要是女影子有胸有臀，兩個放在一起比較便很好辨認。

它們扭打的樣子很不尋常，男人抓著女人的腦袋用力往牆角磕，完全就是存心下死手，沒多久，女影子就倒在地面，被男影子拽著頭髮往屋內拖。

即使只有烏黑的剪影，但虞因在這短短不到半分鐘的時間裡，後頸和頭皮都顫慄起來，機械式地踏入屋內想要跟進後續；在這瞬間，頂上原本黯淡的燈光猛地急速黑黃閃爍，下秒整個客廳呈現血洗過後的詭異暗紅。

日光燈管不見了，取而代之的是暗紅色的圓燈泡，一隻大蜈蚣繞著燈泡邊緣爬動，紅色的牆壁投射出巨大又怪異荒誕的爬蟲影子。

兩抹影子定格般停在原地，維持著拖拉的動作。

虞因這下不知道該不該往前走，他現在一腳門外、一腳踏在門內，彷彿卡在個很尷尬的點上，冷汗滑過背脊，看不見的身後再度出現被某種東西凝視的強烈感覺。

寂靜的僵持中，冰冷的手掌無聲無息貼到虞因背後，輕輕地往門內推了一把，不容他臨陣退縮。

雖然本來就打算進入，但被推進來，心情還是不同，讓人忍不住抖了抖。身為可能的唯一活人，虞因僵硬地站穩腳步後，第一時間並沒有往後看，因為此時躺在地上的女影子動了動，被扯住腦袋的面部很艱辛地轉向他，先前流下的紅色血液從它額頭位置橫切至下頷，深色又濃稠的色澤把那張黑色的臉分裂成兩半。

大概是觀眾終於入場，停頓的男影子再次有了動作，約莫發現拉著頭髮拖人很不容易，它改成了拉著肢體拖行，把人扯著拽著弄進客廳與臥房間的浴室。

男影子抓著不知什麼東西往女影子腦袋上搥了幾下，安靜的室內不斷迴盪著可怕聲響。

原本盤踞在客廳燈泡邊的大蜈蚣掉落下來，啪嗒一聲摔進血泊裡，隨即慢吞吞地扭著身體從黑紅液體裡開出一條路離開。

男影子再度敲打女影子頭部時，紅色的燈泡發出很輕微的「啵」一聲，接著是線路燒斷的聲響，不論是浴室或客廳、甚至是外面的公共走廊，瞬間陷入伸手不見五指的黑暗。

虞因默默吸了口氣，頂著全身的雞皮疙瘩往進來時的方位慢慢向後退。

黑暗裡可以聽見女性的低聲詛咒，小型物體在地上鑽爬碰觸到家具的響動，還有幾乎貼到自己面前，陌生男人帶著血腥味、壓抑的喘息聲。

看不見的人針對他遞來具有強烈惡意的嗜血視線。

雖然很想快點離開，但虞因連退了好幾步，發現本來應該在身後幾步遠的大門消失了，他甚至連牆都沒撞上，客廳空間好像在黑暗裡被無限放大，沒有出口、也沒有邊界。

就……有完蛋的感覺。

這麼想的同時，他直接掏出大師的噴霧，還沒壓下噴頭，後方突然晃蕩出微弱的光。已經很靠近的「東西」唰地竄走。

虞因秒回頭，後方門外晃過一盞紅燈籠，輕輕搖晃著點亮出口的光，他立即退出客廳，重新踏到走廊上時，只見紅色洋裝的背影帶著燈籠已經走至走廊另外一端，女性頸部以上的部位消失在黑暗中。

「妳……」

並不是第一次看見這件紅洋裝與身影，虞因反射性想喊住對方，然而光芒再次消失，走廊瞬間陷入黑暗。

但這次的黑暗並不太久，兩秒後走廊亮起，明亮的頂燈一盞接著一盞打開，照出大樓走廊原本該有的顏色與模樣。

不論是燈籠或紅洋裝都消失了，身側的住戶防盜門如同沒開啓過般，鎖得死死的。

大樓電梯正常運作，可聽見其他住戶說話的聲響或者返家的走路聲。

「阿因？」

熟悉的聲音從逃生梯方向傳來，虞因愣了愣，看見熟人出現時，他竟沒有太大的意外。

只希望不要被揍就好。

□

「你是不是欠揍？」

接到「報案」的虞夏看著本來說好晚上全家要去吃燒肉，結果出現在命案現場的傢伙。

好的，也是全家都到齊了呢。

「啊……這個，不可抗力。」虞因摀著遭一爸暴擊的腦袋，很慫地看著兩個面無表情的小孩，然後又看看面帶雷霆的老子，再度感覺人生無常。

一邊和管委會溝通完的虞佟正盯著鎖匠開門。

全家會到齊的原因其實滿簡單的，兩個小的在學妹那邊聯絡不到虞因之後，直接定位他的手機開始找人。

虞因根本不知道手機什麼時候被聿安裝定位，反正聿和東風一搜，發現位置離他們有夠近，根本就是幾層樓的差別——他這失蹤人口也在同棟大樓裡。兩個小的從逃生梯跑下來，當場抓獲正在住戶門口發呆的虞因。

在被物理攻擊之前，虞因已連忙把剛剛發生的事告訴兩個小的，並且向自家老子「報警」，差不多準備下班的虞佟、虞夏直接往大樓過來，請警衛聯繫上管委會並出示身分後，確認聯絡不到這戶人家、也有一段時間沒人見過對方，管委會便很配合地找來鎖匠開鎖。

管委會心中可能也挺幹的，畢竟在虞因發現這裡住戶有問題之前，林粼粼才剛報警檢查掛在門上的飲料和不明信封，警察都還沒走呢，又來了兩名刑警要開另一住戶的門。

兩邊動靜都不小，已經引來了其他住戶好奇關注。

大樓風水不好嗎？

大樓要迎來凶宅掉價了嗎？

大樓終於也要夜半鬼哭聲嗎？

幾名管委會成員暗暗胃痛，尤其是看見大樓群組已有上百條詢問後，連偏頭痛都快發作了。

「開了。」鎖匠動作很快，在一圈人的注目下，沒多久就打開了防盜門的鎖。

鐵門裡的另一扇大門沒有上鎖，虞佟戴著手套按住門把，輕輕地推開門。

迎面而來的是有點涼的空氣，以及一股不太妙的腐朽氣味和臭味，他與雙生兄弟交換一眼，後者立即讓鎖匠與管理員站開，快速聯絡局裡負責相關事務的傢伙們帶工具過來現場，同時拉出封鎖線。

「說起來，你的手發生什麼事？」算帳時間結束，虞因注意到被聿薄外套遮住的繃帶。其實眞的很不明顯，畢竟服裝是黑色，這傢伙甚至還把破掉的袖子縫了兩針，如果不是他覺得外套形狀有點不太對、多看了幾眼，還眞沒發現。

車禍的事不算小，至少會上晚間新聞，有心查立刻就能查到，所以聿也沒有刻意隱瞞，簡短幾句說明了意外。

「哇靠，這樣你還不去醫院，不行不行，等等走一趟。」虞因揭開外套看了看，覺得繃帶包裹的範圍有點大，直接皺起眉，轉向也在事發現場的東風：「你呢？該不會也有？」

「沒。」東風搖頭。

聿當下反應很快、保護得也很及時，加上他被那些可怕的人類換的新衣服布料不算少，人肉與衣服兩道緩衝，竟然只有一點點擦傷。

「啊對你穿這樣眞的超美。」虞因朝對方比了記拇指。

東風抓住那根找死的指頭往後扳，聽到一連串哀哀叫才舒爽地鬆開手。

沒多久，警方人員到場，提著工具箱的玖深看見虞因的同時抖了下，「你你你你……現場又是你找的？」難怪剛剛接到通知，都沒有人要跟他講是怎麼蹦出來的一個現場！

「嘛，人生不如意十之八九。」虞因同情地拍拍友人：「玖深哥你要加油。」

「我不要加油！」玖深悲憤扭頭，與東風視線對上時愣了愣，瞬間還以爲自己看錯人。「……你們在玩cosplay？哎，這樣滿好看的，可惜妝有點花了，可以拍幾張嗎？」說著拿起了單眼。

「滾！」東風冷眼轉過身，賞全部人一個背。

小孩自閉了，玖深也不好意思死纏爛打，而且虞夏在喊人了，他連忙先往現場裡面跑。

虞佟打開門時聞到淡淡的屍體腐敗的特有氣味，所以第一時間沒有進門，而是立即封鎖現場。

於是直到鑑識人員到達時，現場都維持著最初發現的模樣。

這是個兩房兩廳一衛浴的小家庭或單身公寓格局，雖然僅有兩房，但其實屋內空間不算小，甚至客廳與兩間臥房、廚房外都有獨立陽台；據說這棟大樓當時主打的就是舒適的生活空間與便利的環境，每坪售價比周邊大樓平均貴上不少，管理費也較高，說明了租或買的人大多具有基本財力。

聽過虞因的描述，虞夏進門第一件事就是打開浴室的門，那股氣味果然立即擴散出來。

乾濕分離的浴室乍看下相當乾淨，但一股氣味從拉上的浴簾後方傳來，拉開浴簾同時，即使幾名員警看過了不少奇奇怪怪的死亡現場，瞬間還是不由自主地沉默半晌。

浴缸底部似乎有具女屍，覆蓋其上的是一層層活性碳與粗鹽，不知道是死前的掙扎或是什麼因素，一隻扭曲變形的手穿過了那些覆蓋物，筆直地向上伸出，五指猙獰成爪，讓原本不怎麼好聞的空氣變得更爲凝重。

浴室裡的兩、三名員警還在沉重的狀態，浴室外已傳來砰咚聲響，明顯有人摔倒，還把工具箱砸在地板上。

虞夏很無言地看著一來就在擦地的玖深，直接往對方屁股一腳踢去。「滾起來。」

「……不、不是……祂、祂……死後……還動……」玖深結結巴巴的，口罩後的牙齒打

顫得厲害，本來就有點抖了，這下整個人驚恐到大大震動。

比較晚進來的阿柳把嚇到縮在地上的同僚架起來，不知該誇他眼力好，一進門就看到重點，還是該說他可憐，目光犀利，一眼就看到把自己嚇死的重點。

那隻穿出灰和鹽的手滿滿沾黏著那些物質，鹽層也是「由內向外」翻出，很顯然是已經被埋進去後才出現穿出的動作，如果不是死者手腕上有個大大的切口，說不定還可以說是死前最後的掙扎。

「哇喔～屍變了，你們小心等等屍體長黑毛跳出來喔。」一隻手搭到抖個沒完的玖深肩上，把人又嚇了一大跳的某法醫心情愉快地加入旁白：「要知道這些東西最喜歡膽小鬼了，你越害怕他們越愛你……」

「閉嘴！不准嚇暈！」虞夏直接朝想開始作祟的法醫和想往後倒下的鑑識一人賞一拳。

玖深吸著鼻子，躬著身體抖抖地遠離浴室範圍，這時候他選擇相信阿柳他們會做好一切，他只要在外面好好做好自己的工作就好了，殭屍什麼的！交給其他人吧！即使跳出來也會被老大打倒的！

這麼想著的同時，他猛一抬頭，又看到牆上幾處乾涸的血跡，於是再繼續抖。

戰戰兢兢地靠到門邊人多陽氣旺的地方，他聽到了另一邊傳來召喚。

「玖深哥。」

轉頭看見虞因朝自己招手，玖深看了看其他已經忙起來、無視外面的人，於是往小孩那邊過去。

虞因手上拿著東風的畫本，看他過來就把畫本轉了方向，讓對方看見上面畫的東西。「你們待會兒留意看看有沒有這個。」

畫本上是一隻大蜈蚣。

「這是……」玖深仔細辨識了下，模樣有點特別，很像被一些愛好者當寵物養的巨人蜈蚣，聽虞因說實際長度有二十多公分。

「東風剛剛幫我畫的，我覺得還在屋裡，你們注意一下。」虞因徵得東風同意後，把畫紙撕下來遞給玖深。

「喔、喔好。」接過圖紙，玖深後知後覺又挫了下，重重地倒吸一口氣。「蜈蚣也會變成不科學的東西嗎！」

「啊這我就不知道了。」被這麼一問，虞因跟著深沉地思考起來。

圍觀的人越來越多，媒體也來了，他們不方便繼續多說，趕緊各自歸位，該工作的去工作，虞因幾人則躲到敞開的大門後邊，避開那些閃爍不停的鏡頭。

夜逐漸深了。

□

最後那隻蜈蚣沒有找到，但次臥裡卻有打翻的養殖箱。

養殖箱裡空無一物，原本飼養的生物很大機率已逃之夭夭，目前管委會也在群組請住戶近日注意家中是否出現長條狀的「訪客」。

「死者名叫李婂，身分已經在查了。」

東風掛掉手機，回過身告知正在盯著自己看的兩名女性。

雖說一晚上發生很多很多事，然而大家還是得回去處理各自的事情，李臨玥男友回去趕工作，聿被虞因架走去醫院檢查，東風還是按照原定計畫和李臨玥待在林鄴鄴家。

兩大人留在樓下和一眾員警內內外外搜查，屍體稍早已經運走，沒聯絡上家屬或親戚朋友，可能會連夜相驗檢查。

林粼粼的臉色不是很好，雖然強打起精神，但明顯已沒有原先那般開朗。

除去樓下出現的詭異女屍，最打擊她的是稍早掛在門口的飲料與信封，以及……屋內的針孔。

度過兵荒馬亂之後，東風從玖深那私下借來一些小儀器，在林粼粼家裡裡外外檢查了一輪。沒想到屋內眞的有不少問題，當場查到三、四個針孔，她完全不知道是什麼時候被放進家中擺飾裡。唯一值得慶幸的是，針孔的電池已經沒電，只有走廊上的被更換過，不幸的是，有電時不知道已被偷拍多少。

不過這幾個屋內針孔都藏在客廳，臥室沒裝，林粼粼沒有在家裸奔或是穿內衣亂跑的習慣，出臥室都會套家居服，至少應該不會有裸照外流。

但挖鼻孔摳屁股什麼的，她覺得是沒救了。

看著正在幫自己聯絡熟人找可靠鎖匠換鎖的東風，林粼粼眨眨酸澀的眼睛，有瞬間維持不住臉上的笑容，她抱著軟綿綿的方枕，把腦袋埋進冰涼的布料裡。

李臨玥嘆口氣，摸摸學妹的頭站起身。「我去煮點宵夜。」說著，朝東風使了個眼色，後者一臉莫名。

林粼粼的心情沮喪確實和東風有點關係。

稍早掛在她門上的信封等到警察來後被打開，裡頭是一疊相片。

前幾張是林粼粼出入家中的照片，衣著都不同，很明顯被偷拍有段時日了。

最後一張主角卻不是林粼粼，而是今晚的東風。

會說是「今晚」，是因爲他身上那套異常精緻的設計款，拍攝的人取鏡的角度很好，雖然是在車禍現場拍的，但照片拍出了街景寫眞照的感覺。

這便表示至少到車禍這段時間，偷窺者都還跟在他們附近，並且在事件發生後悠悠哉哉地找了個角度拍下這張相片，然後快洗出來，連著飲料一起放到林粼粼家門口。

不論有沒有示威意味，林粼粼已感到有點心理崩潰。

東風確認好鎖匠明日到達的時間後放下手機，無奈地坐到沮喪的女孩身邊。兩人都沒開口，只有廚房傳來李臨玥的烹煮聲響與淡淡的食物香氣。

「我知道不是我的錯。」又過了半晌，女孩的聲音才悶悶地從抱枕裡傳來。「被盯上，不是我的錯。」

因爲成名得早，所以她從小已見過各式各樣的髒事，衝到學校門口示愛的有，在展示會上拉開衣服露鳥的也有，那些喜愛蘿莉的成人更是時不時就會冒出一、兩個，信箱裡總是塞滿各種性騷擾的黃色信件。

她之所以一直在人前保持快樂，就是因爲長期以來遇過的這些變態不在少數，長輩們老早給她灌輸樂觀向上的各種思考方式，所有人都堅信她不會被這些壞事打敗，每個人都稱讚她勇敢向上很棒。

她也覺得她應該要很勇敢。

「林粼粼超棒的，絕對不會因爲這些事情被打敗。」用力地吸口氣，林粼粼猛地抬起頭，咧開笑容。「不是我的錯！」

東風沉默地抬起手，在女孩腦袋上摸了摸。

雖然不太喜歡被靠近，但至少可以給點安慰，算是獎勵她的勇敢吧。

林粼粼眼睛一亮，完全不害羞地直接往東風身上撲去，果不其然被對方伸手推開。

「別得寸進尺。」東風無言地看著眼前好像甩著狗尾巴的傢伙，沒想到這麼單細胞，摸兩下頭就心靈癒合了嗎！比虞因還好哄啊！

「我知道你會幫我。」林粼粼突然開口說了讓東風意外的話。她揉揉有點發紅的眼睛，開心地說：「我第一次看到你就知道了，你是個超級好人，超級的大大好人。」

「……」突然被發了好大一張的好人卡，東風對此表示不予置評，並且感到女孩可能有點北七，腦袋八成撞到牆沒喬正回來。

幸好李臨玥適時地打破這層尷尬。

「打起精神了啊？先吃點宵夜吧。」端來一鍋烏龍麵，李臨玥看著顯然已經回血不少的學妹，後者黏到她身上蹭了蹭，露出滿足又傻傻的笑。

「我去換衣服。」東風拿起旁邊的外套，一晚上他都沒時間把身上這堆東西換下來，現在總該能脫去了吧。

離開兩名女性溫馨吃宵夜的客廳，他轉入客房。

林粼粼的租屋格局與樓下死者的很類似，不過她的是三房兩廳，除去主臥房，一個房間作為剪片等等的工作間，另一間則是客臥，畢竟經常有助理或朋友留宿，特別是這兩個月以來，幾乎天天都有人陪伴，所以客臥收拾得很整齊。

不過今天李臨玥在，東風晚上要睡的是客廳，現在只是借個地方換衣物與清洗。

關上房門，東風撤去了方才還稍微有點人氣的表情。

手上的外套是造型款的搭配，款式頗為繁複，這也代表了第一時間出事的時候，其實很多人沒有注意到外套的變化。

翻過外套，東風從口袋裡掏出一隻黑色的小羊玩偶。

在斑馬線上被推之後，他立即發現外套被掛了外物，後來車禍發生得太快，他來不及把事情告訴聿，隨即就出現屍體與照片的突發狀況——跟蹤者不只在附近觀望林粼粼，甚至已經近距離接觸他們。

他的記憶力很好，就算當下沒有特別注意，但下車後所有刻意、不經意看到的人事物幾乎都存入腦袋，不論是面孔或者服裝、體型，更甚是走路的姿態。

於是一名戴著棒球帽與黑色口罩的男人從那些路人中緩緩浮現，當時穿著一身不起眼的廉價T恤和褪色的牛仔褲，身高約莫一百七十多，在斑馬線與他們錯身而過時雖然刻意遮掩，但還是下意識地朝他們瞥了一眼，露出那雙陰森且帶著暗光的晦暗眼睛。

東風慢慢收緊手指，黑色的羊被掐得變形。

「逮到你了。」

5

經過了混亂的一晚後，燒烤聚餐失敗的一家人隔天各懷心事地圍在早餐桌邊。

最終還是被虞因拖著去趟醫院的聿被勒令早上禁止動手，於是桌面上的食物都是返家的虞佟、虞夏從巷口早餐店買回來，雖然沒有平日的美味，但種類繁多也足夠豐盛了。

徹夜沒睡的虞夏咬了口水煎包，把手機推給大兒子。

虞因拿到聿也看得見的位置，開始看起昨晚警方的現場照片。

將屍體取出後當然沒有某位鑑識人員擔心的屍變情況發生，雖然無從解釋那隻手的問題。除了一開始就知道的手腕切口，另外一手也有同樣的傷口，接著頭部同樣被開了一道口子，腳踝處則有被吊掛的痕跡，看來是被凶手放血，遺體內幾乎沒有血液的存在。

令人比較憂慮的是，雙手切口發生的時間不同，把玖深嚇爆的那手是死後傷，可憐的玖深第一眼就發現了才會被嚇得那麼慘；另外一手卻是死前傷——死者在死前就被割開手腕，目前還不清楚是因爲失血過多而死，還是頭部傷重死亡。

虞因記得女性黑影的最後動作，直到被拖進浴室前祂的手都沒有受傷，男性影子最開始針對的都是祂的頭部，很明顯有惡意的致死意圖，所以放血是在進浴室後的動作。

照片上，女屍頭部確實有好幾個撞擊痕跡，左側額頭幾乎凹下去，足見當時加害者力道之大、仇怨深刻，符合虞因當時看見的黑影攻擊方式，牆上也有相應的血跡。頭皮部分經過暴力拉扯，有一大塊頭髮連著頭皮被扯掉，看起來慘不忍睹。

「現場被特別清潔劑清理過，但在浴室幾個排水口裡有採集到血跡反應，能確定後續是在浴室處置。」虞夏繼續說道：「李娟，二十六歲，待業中。雙親數年前因車禍事故死亡，遺留給她幾處房產，每月光租金便有二十多萬收入，這也是死者主要經濟來源，所以無急迫的工作需求；平常很少與大樓住戶互動，幾名警衛和管委對她不熟悉，只知道有這麼個人，還在釐清她的人際關係。提款卡、首飾與現金都沒有丟失，暫排除入室搶劫和臨時起意的可能，遺體也無性侵痕跡。」

粗鹽和炭的數量太多了，怎麼看都是事先準備好的東西，或許沒打算在爭執當下用，但肯定遲早會用上。

「我們詢問過住戶近期有沒有聽過爭執或撞擊這類不自然的動靜，但住戶們表示同大樓裡另外一戶六樓夫妻時常爭吵，有時會摔家具，所以他們不確定聽見的是不是受害者。」虞佟補充。這也是比較頭痛的地方，那戶夫妻是小三介入，丈夫有個小女友，但妻子又咬死不離婚，雙方脾氣都很火爆，動不動就吵架甚至打架，轄區員警來處理過幾次，都無果。

瀏覽的動作在一張異常的照片出現後頓了下。

女屍口部隱隱有一小截紅線，下張照片是被扳開嘴，露出含在其中、摺成六角形的泛黑符紙畫面。

「我們詢問過專業人員，符咒是『不可言』。」虞佟輕輕說道，手在手機面板上滑動，照片繼續往前顯示了幾張，到了屍體眼部特寫停下，因爲沾了炭灰所以不太明顯，但仔細一看，眼皮上有著很小的暗色文字。「『不可視』，不讓死者看見凶手，也無法告狀。」

「這可以傳給周大師看嗎？」虞因直覺大師可能會有見解。

虞佟笑了笑，「就是請周大師看的。」後面省略掉大師在大半夜接到電話後飆出的謾罵。不過周震還是從床上爬起來，邊罵邊幫他們查了這種旁門左道的東西，之後再爆口噴罵一輪缺德凶手遲早下地獄云云。「他說應該不只這兩張，這是一組配套符咒，這就必須等阿司那邊的屍檢了，如果下手的人或幫他的人夠專業，必定可以再找到類似物品。」

畢竟女屍赤裸，外部狀況檢查完，也就剩「內部」可能會藏有其他東西了。

「難怪……」虞因想起那個怪怪的黑影，難怪對方那時候是說「幫幫他」，黑影很明確地要他來到女屍的屋子，說明黑影知道女屍被下符。昨晚除了屋內看到的那些畫面，後續他的確完全沒看見女性的飄。

所以黑影又是哪來的？

還有那名紅洋裝，祂是大範圍散步嗎？爲什麼老在不同地方跑來跑去？難道現在的阿飄已經不喜歡留在原地而是滿街遊蕩了嗎！

虞因下意識想要問問聿有什麼想法，扭頭就看見對方整個人恍神發呆，看上去不像平常看見命案時會擺出的深沉臉。

「怎麼了？」虞因疑惑地拍拍聿的手臂。

聿搖搖頭，「沒事。」

除卻女屍的問題，他們還有另一件憂心的事情。

清早起床後，眾人發現東風往群組傳了幾張素描，一如以往，是那種栩栩如生的畫像，畫的是個遮頭遮尾的人，帽子口罩眼鏡俱備，服裝是隨處可見的地攤貨，唯有那雙藏在鏡片後不怎麼明顯，但一看就覺得很不舒服的眼睛，讓人有些許記憶點。

疑似跟蹤林粼粼的嫌犯。

昨晚在對方家中過夜的東風已經向虞夏詢問調閱道路監視器，最快下午會過去找相關單位報到。

沒意外的話，應該很快就能找到線索。

但不知道爲什麼，虞因隱隱有種說不太清楚的感覺。

眞的這麼順利就逮到跟蹤狂了嗎？

「對了，還有件事要告訴你們，本來應該要告知那位林同學，但她的狀況不太好。」虞夏昨晚見了林粼粼一面，發現少女情緒瀕臨爆發邊緣，他便先把事情按下來。「當時水杯裡的羊沾染的那些物質已經化驗出來。」

「骨灰？」聿語出驚人地開口，不只虞夏，連虞佟都露出詫異的神色。

「對，是骨灰。」虞夏咳了聲，抬手讓驚嚇的大兒子暫時閉嘴。「動物的骨灰，但問題點不在灰上，負責檢查的人剪開白羊外皮之後，在裡面發現這些東西。」

手機照片上，出現已經被分解的白羊布偶，原本應該白色的棉花帶著令人不適的斑黑，層層包裹內露出了一小塊骨頭與一些骨灰，由負責人員的附註可知是一塊幼羊的骨頭。

雖說幸好不是人骨，但放在布偶裡的羊骨也足夠讓人噁心了，更別說這隻羊還塞在某人專用的保溫杯裡。

「太噁爛了吧。」虞因忍不住發出嫌棄的聲音：「比寄符還噁，不過符也很噁就是。」

一邊的聿沒有開口接話。

昨天深夜，東風私下傳了照片給他，是隻黑羊，除去顏色，幾乎與白羊一模一樣。

跟蹤者注意到林粼粼身邊出現的生面孔，並且產生興趣。

「目的性過強了。」

虞夏的聲音讓聿回過神。

確實，目的性過強，而且在發現東風後，立即動手傳遞出強烈興趣。

這又繞回之前林粼粼事件的問題點，一直隱藏起自己的跟蹤者為什麼近期突然開始彰顯如此強烈的存在感？

「發生意外事故。」

「周遭發生動盪。」

虞佟和聿互看了眼。

「你們在那些留言私訊裡有看見類似這樣遭遇的人嗎？」虞夏雖然沒有經手林粼粼的案子，但因爲李臨玥的請託，依然騰了時間了解，兩個小的拆解那些粉絲留言，應該已有初步結果了。

「好幾個。」聿握了握溫熱的米漿紙杯，腦袋快速過濾一輪兩人整理出來的第一波名單，「名字已經給警方了，符合近期周遭發生巨大變故條件的有三人，不過看上去應該都是家人和工作、學校的問題，且按照他們的身分，沒可能對林粼粼進行跟監。」說完，他報了下嫌疑犯的年齡與職業，這是摸著那些人的發言帳號到他們的社交圈子整理出來，還在等警方做最後核實，不過應該差不了多少。「還有一半。」

他和東風原本預計昨晚要處理完剩下那半留言，可是發生意外事故又出現屍體，進度便耽擱了，今天得找時間進行。

「嗯、呃，加油。」

感覺自己好像中間跳過很多對話的虞因只能爲大家打氣。

□

「小淵學長！」

林致淵回過頭，正好被後方伸來的爪子拍了下肩膀。

「綠豆沙牛奶！」林粼粼把飲料塞給對方，相當有精神地打個招呼，「早安！」

接住飲料的下一秒，林致淵訝異地看見跟在林粼粼後頭的人，「學長？」還眞的沒想到會在大學裡見到對方。

東風點頭打過招呼。

上午原本約了房東和鎖匠過來換鎖，但李臨玥提出林鄰鄰還得上課，她就在租屋處等房東，叫來男友開車送林鄰鄰到學校，也已經先與林致淵、小海通過訊息，不過他們顯然沒想到東風會跟著過來。

「我和校方溝通過，這段時間學妹可以多帶兩人在教室外或空位子旁聽，以不打擾其他學生上課爲原則。」林致淵畢竟還有自己的課要上，加上有些場所男生比較不方便進入，而李臨玥也無法全天候跟隨，於是最終討論還是由身爲女生的小海貼身保護較好。

林家那邊知道大樓發生的事後，原先要找兩名女性保鑣過來，不過臨時調不到人，得等兩天；昨晚經由李臨玥介紹，林家父母與一太不知聊了什麼，決定暫先聘僱小海貼身保護，大樓外則會有幾名小海的小弟幫忙巡邏，另外有位小海的女性手下會和小海換班，據說也很能打，雖然不到小海那種凶暴程度，但也是讓一群男人繞著走的存在。

約莫十分鐘後，小海就會到學校，他們這幾人算早到了。

「我順路看看。」東風淡淡說道。

知道東風應該是擔心女孩到學校的這段路，但林致淵沒說破，三人就在附近的涼亭有一搭沒一搭地聊天，很快就等到小海。

拎著單肩包的小海遠遠朝幾人揮手，依舊是一身清涼短褲打扮，又變長一點的頭髮紮了馬尾在腦後，意外地與周遭往來的大學生們形象相當契合。

林粼粼雙眼發光地看著颯爽美少女，如果不是顧忌身在室外，可能當場就往對方身上撲過去。

然而實際上她就在室外，只能在口罩底下流口水了。

「喲！你眞的在喔！」沒意識到旁邊的雇主正在散發粉紅閃光，小海看著預料之外的東風，想著難怪昨天一太讓她這時間點過來。「一太哥要我拿個東西給你，接好喔。」

東風有點不明所以，反射性順著小海的動作伸出手，只見對方把那個單肩包往他手上一掛，接著一股重量毫無預警地把他連人帶手往下一拉——

「小心。」林致淵立即伸手抓住小小的肩包，這才發現看似不起眼的小背包竟然很重。

「這是？」他看向剛剛單手拎得很輕鬆的小海。

「欸……槓片，我阿兄平常用的。」小海示意兩人打開肩包。

「……？」東風的神情緩緩露出巨大問號。

單肩包打開，裡面果然是兩個槓片，林致淵翻看，一個五公斤，兩個正好十公斤。

「老娘也不知道，昨天一太哥叫我塞兩個進去，今天拿來給東風。」小海聳聳肩，同樣無從解答，她原本想說要不要多塞幾個不然好像有點輕，但被制止，說這些就夠了。

三人面面相覷，最終無解。

雖然說足足有十公斤之重，不過經常搬雕塑的東風還不至於完全提不起來，只是知道是槓片後產生的心理作用，讓東西變得更沉重了些。

「我得帶著多久？」東風發出靈魂詢問：「該不會也沒講吧？」

「喔，這一太哥倒是有講，他說你隨意。」小海還記得要問這件事，畢竟帶兩個槓片實在有點……嗯，奇妙，更別說是讓她眼裡特別「嬌弱」的東風帶，她怕對方會被槓片壓死，到時候她就不好向條杯杯交代了。基於人道關懷，她還是多講了句：「不要隨便砸人，可能會死。」

「……平常也不會拿來砸人吧。」東風猛地一頓，想到什麼似地認真看著小海。

「老娘沒用這東西砸過人！」誰沒事會帶兩個槓片在身上砸人啊！

想想也是，好像沒聽虞因說小海把別人腦子開花過，東風於是認命地伸手想接回肩包。

「我幫忙拿一會兒吧，學長不是還要搭車嗎。」林致淵移開拎著兩個槓片的手，不得不說，他認真覺得學長如果這樣提了一路，可能不到五分鐘就會翻臉。然而在場四個人，沒人知道一太學長的用意究竟爲何。

東風想了想，看小海沒阻止的意思，於是點頭。

之後四人分爲兩路，小海帶著林粼粼去上課，林致淵則是提著肩包和東風去校外叫車。

「說起來，昨天的女屍有後續嗎？」從群組裡得知屍體的事，林致淵問道。

「晚點應該會曉得。」東風今早還與聿交換過訊息，加上兩人昨晚也算在第一現場看到了些東西，多少可猜測到部分。「死者在虛擬世界的人際關係如果像現實一樣單純，那麼很簡單就能找到嫌疑犯了。」

「確實，學妹住的大樓警衛森嚴，光這點就幾乎可確定是熟人犯案。」這也是林致淵有點可憐警衛們和管委會的部分。事發大樓房價比周遭貴，管理費同樣不少，當初林粼粼會住到這裡就是圖它安全，沒想到偷窺照片拍到家門口不說，竟然連住戶都遇害、顯然還死了一段時間。目前管委會與保全公司大概處於水深火熱之中，可想而知，除了房價以外，管理的口碑也將遭到重挫。

瞄了眼被輕鬆拎著的肩包，東風有點嘔地點頭。

走出校外這段路並不長，大學外有設一座搭車涼亭，林致淵把人送到時計程車還沒來，涼亭裡只有兩、三個沒課的學生和附近住戶。

「你先回去吧。」東風這次順利地接過沉重的單肩包，揮手趕人。

林致淵正打算回答等車來再走，突然感覺腳邊好像有什麼東西竄過，猛一低頭，只來得及看見一條黑影轉到身後。他反射性扭過頭，正好不輕不重地撞了旁邊想把肩包塞進背包的東風一下，本就沉重的肩包因此失手落下。

就這樣，那個某方面來說大概能成爲凶器的肩包便垂直往下掉，然後砸在一旁不知何時靠得很近的路人腳上，伴隨著一聲慘號，接著第二樣東西也跟著掉在肩包上。

彎身要撿肩包的東風順其自然地把那東西，以及東西上顯示的偷拍畫面看得一清二楚。

「啊……」

難怪會叫他隨意。

虞因接到通知來領人時，無言地看著腳差點被砸傷的苦主，居然是個熟面孔。

「怎麼又是你！」

闖進他們工作室的北七網紅。

不得不說東風那一掉還掉得很剛好，正好砸在對方鞋尖，下去那瞬間雖然有痛感，但網紅腳縮得及時，並沒有造成太大傷害，頂多痛個兩天就沒事，但哀號那瞬間也足夠關門放狗逮人。林致淵直接把人扭到警衛室找警察，警方一來，點開手機，滿滿是跟在東風兩人後面的偷拍照。

「今天不直播了嗎。」虞因看著尷尬賠笑的青年。

「就、不是直播的時間啊。」青年——簡兆齊幾分鐘前被員警訓斥了一頓，正在苦哈哈地刪掉偷拍照片。

一旁的東風在刪照前已複製一份，由照片可知對方是臨時起意，跟拍時間點正好是與小海兩人分開後，開始往搭車處的這段路程。看得出來青年沒有強烈惡意，只是想搞個什麼噱頭，東風也懶得追究了，起碼這傢伙算不經意幫了個忙。

簡兆齊得知東風不追究後，誇張地道了幾次謝，不過在其他幾人眼裡看來，這傢伙肯定下次還敢。

「你們眞的不能給個異世界專訪嗎？」爲了頻道，青年繼續在死亡邊緣反覆試探。

「可以給你個牢獄之災專訪。」虞因翻了翻東風手上的照片，鏡頭都是追著東風和林致淵兩人。想想大概與闖進工作室是同樣理由——網路上那些都市傳說惹的禍——沒想到這次還牽連到學弟。「說吧，爲什麼出現在我們學校？」

碰了記釘子的青年抓抓臉頰，老實地開口：「這不就是被您逮個正著之後，不能去工作室亂轉，想說來學校試試看能不能採訪您的師長，搞不好有什麼奇聞啊。」誰知道他運氣這麼好，遠遠看見傳說裡的漂亮青年和那個這兩年才出現的學弟，他就趕緊跟上偷拍了。

沒想到的是，他暗暗想湊過去問他們可不可以問幾個問題時，會被槓片砸個正著。

所以說，平常沒事誰會把槓片帶在身上？

「你運氣真好，如果你逃跑的話，我們大概就得考慮把槓片丟到你身上了。」林致淵露出友善溫和的微笑。

「……求放過。」簡兆齊完全不敢想被十公斤砸到有什麼下場。

都市傳說裡面有講，他們這幾人蘊藏無法預估的不明戰力，千萬不可硬碰硬，否則非死即殘。

也就是說，這些人很可能真的幹得出拿十公斤丟人的事！

……突然很害怕。

驚覺可能死期將近，不想再試探死亡界線的頻道主戰戰兢兢地開口：「這個、其實還有件事要跟你們說，當交個朋友，不傷性命那種？」

「說吧。」虞因倒是想聽聽這傢伙狗嘴裡還可以吐出什麼，反正警衛和員警都在，不用擔心他暴起。

「就在直播你們工作室時……」簡兆齊快速翻了自己的手機一會兒，找出一段影片遞給對方。

隨著影片開始播放，虞因立即認出這是眼前傢伙入侵工作室時的直播，而且還正是他發現人之後，追上樓梯當下的片段。

可看出入侵者那時很驚慌，螢幕上都是觀眾不懷好意的嘲笑留言，叫直播主快點束手就擒，這與虞因印象中那堆「快逃」的留言不太一樣。不過很快他的疑惑就獲得解答。當日倉皇逃逸的簡兆齊衝進烘焙室後一度畫面劇烈搖晃，接著被後頭追上來的虞因撲倒。

這時螢幕裡出現除了虞因與入侵者之外的「第三人」——一顆幾乎全黑的腦袋在邊緣一閃而過，帶著一雙紅色眼睛，隨後便是大量快逃的留言。

說實話，這一幕幫簡兆齊賺到不少粉絲數，可惜之後被抓進警局遭到警告，錄下來的影片無法上架，當時看直播的網友數量不算多，居然很巧地沒人把這畫面翻拍下來，現在一大堆人催他快點把影片重新上傳，讓他有苦難言。

他當然很想放啊！

但人在江湖身不由己啊！

「所以……可以讓我放這段嗎？」抱持著微薄的希望，簡兆齊誠懇地詢問。

「不可以。」把手機還給對方，虞因代表工作室堅定回絕。

「那讓我放個美少年照片吧！」頻道主悲憤地轉向旁邊的東風。

虞因和林致淵不約而同把東風擋到後面。

「哎不，其實我不是變態。」留意到周圍的人轉而用微妙的目光注視他，簡兆齊連忙澄清。

「不是說有粉絲推薦我來找你們拍都市傳說專訪嗎，所以也有人求你們的個人照，有價的，尤其是這位美少年。」

「確實有人開價要收購學長們的照片或影片。」

讓簡兆齊滾蛋後，林致淵打了幾通電話，馬上便將肯定的回覆帶給虞因兩人。

「戴凡學長說有幾個靈異類的主播也收到類似的詢問，雖然都是用開玩笑的語氣，但提問的不只一個。」

虞因皺起眉。

東風那張路邊寫眞出現後他就覺得不太對勁，難道是因爲這樣，所以林粼粼的跟蹤狂才會對東風起興趣？

無論是否相關，這種舉動著實讓人很不舒服。

而林致淵則是在心裡嘆氣，畢竟他在一些討論區和論壇看見或撤掉的更多，加上最近的騷擾，其實多少知道肯定會發生這種事，只是時間早晚。藏匿在網路上的人很多，誰也不知道何時會出現瘋子或變態。

他只是……非常不希望學長再遇到那樣的事。

「先別管那些無聊的人。」東風並不是第一次遇到這種狀況，應該說他片段的舊記憶裡，各種的怪異色狼不在少數，雖然不悅但還算能保持平常心。他點選出剛才從簡兆齊那邊備份過來的偷拍照，遞給虞因兩人與員警。「這傢伙還是幹了點有用的事。」

虞因幾人一開始還沒反應過來照片哪裡有問題，這是一張從較遠角度拍下的側臉照，是東風和林致淵邊走邊說話時的模樣。

「啊！」林致淵猛地看見照片的不對勁之處。

兩人和小海她們分開之後，沿著學校花圃走向校門，那座花圃旁有座園藝社團好不容易建造出來的實驗溫室，不大，約莫三坪左右。而在那座溫室邊有一抹很不起眼的人影。

因距離關係，人影稍有些模糊，隱約只能看出戴著鴨舌帽和口罩、眼鏡，臉幾乎看不出細節，人也躲到了學校監視器拍不到的死角位置，如果不是因為簡兆齊偷拍，可能根本不知道還有另外一名跟蹤者。

雖然又小又模糊，但對東風來說足夠了。

「林粼粼的跟蹤狂。」人影的姿態與過斑馬線時驚鴻一瞥的那人有高達九成相像，東風轉向警衛：「人很可能還在校內。」

校內警衛大多知道有學生被跟蹤狂纏上，二話不說馬上回報給校方，然後快速查看即時監視畫面。果然沒多久就聽見回報發現可疑人物，但對方躲藏的位置很刁鑽，都往監視死角跑；不過既然找得到人，學校當然不會姑息，立即出動了校內好幾名警衛縮小範圍捕捉。

原本來逮頻道主的員警見狀也趕緊回報派出所，讓同僚們快來支援。

可惜因人員調動明顯，跟蹤狂很快發現自己行蹤敗露，監視畫面再不見他的身影，竟然就這樣跑了。

「放心，他跑不了多遠。」東風反而沒有其他人的沮喪。就他看來，跟蹤狂今天已經暴露太多蹤跡，接下來只要比對各處的監視器，很快就能循線找到人，至少不是處於大海撈針的被動狀態了。

這話確實也不錯，幾人再度打起精神，準備逮到人後要給他一頓好看。

取出畫本快速地把監視畫面擷取到的身影和昨天看見的結合，完善後，東風立時發給虞夏和小海，沒多久兩人雙雙傳回確認的答覆。

接下來差不多沒他們的事了，其他員警到來，會在學校這邊取得這兩日所有監視畫面回去排查。

虞因已經來到學校，正好可以載東風去和虞夏約好看監視畫面的地點，順便把那個不知道還要不要攜帶的槓片一起帶走。

林致淵是學生，則必須回去上課。

最後三人在校門口揮別。

□

虞因把槓片放到後座，看著東風在副駕駛座繫好安全帶。

「說吧，還有什麼應該告訴我的事。」虞因把車輛開出停車格，淡淡問道。

東風想了想，把上次工作室門口出現燒盡的金紙與黑羊的事告訴對方。其實聿和虞夏都知道了，繼續瞞著虞因是不太好。

虞因捏著方向盤，嘖了聲：「我都社會人士了，不是幼稚園，起碼也第一時間說吧。」

「呃……」東風搓著背包背帶，突然有點心虛，默默地從背包裡取出夾鏈袋，裡面是那隻黑羊。

得知林鄰鄰的白羊裡有骨灰和骨頭後，他沒有自行解剖黑羊，打算與虞夏會合後再把東西送過去。

不出意外的話，黑羊裡面可能也有，畢竟他摸布偶時確實摸到了很小的硬物。

東風的舉動無心之外還有點坦誠的意味，但虞因停紅綠燈時分出視線往黑羊看去的剎那，腦袋突然暈眩，毫無預警的鈍重感瞬間席捲而來，隨著不知哪裡傳來的尖銳號叫，他直接往方向盤倒下。

東風立即拽住對方並塞回椅子，打出故障燈號，接著翻動虞因的背包從裡面找出大師給的淨水往對方臉上、身上連按好幾下，基於不能破壞證物，他只能意思意思往夾鏈袋上也噴點，再轉身準備下車放置三角警示牌。

——車門打不開。

隱晦的視線感從外面傳來，看不見的事物正盯著車內二人，像看著籠裡待宰的小動物。

一隻手擋在東風面前。

按著依然昏沉的腦袋，虞因皺眉直視前方。

擋風玻璃上有一大團黑紅色的東西，或許說是肉塊更恰當。一大團拼湊的肉塊混著肉泥在玻璃上攪動，裡面還可見細碎的小動物部分軀體，更大的則是人類的手指、手掌，也有五、六顆大大小小的眼珠夾在其中，濃濃的腐敗氣味逐漸傳入車內。

不得不說，虞因快吐了。

扭曲得不成形的肉塊裡不斷傳來不知是動物還是人類極為痛苦的號叫與呻吟聲。

「什麼東西？」東風沒有看見擋風玻璃上的異狀，但身旁虞因的臉色無比慘白，整個人不斷冒冷汗，他第一反應是想撥電話給周震，但手機不意外地沒訊號，只能抓開虞因的手臂，把剩下不多的淨水噴霧往擋風玻璃上狂按。

即使大師嘴巴很壞，不過給的淨水實在有效。

擋風玻璃兩秒後淨空，虞因才放鬆下來。

得感謝後頭幾輛車主的守規矩，看見故障燈時雖有一、兩人按了喇叭，不過都陸續繞開，沒不長眼地撞上來。

虞因吸了口氣，轉動方向盤，頂著傳來陣痛發暈的腦袋把車移到路邊，確認安全並停妥後，才推開車門，抽個塑膠袋直接奔到一邊爆漿。

見車門可以開了，東風也推門下車，這時手機已恢復訊號，他立即撥電話給周震，說明突如其來的事故並順便預約新的淨水，隨後在對方大罵「你當我驅鬼供應商嗎臭小鬼」之類的話中結束通話。

虞因很可憐地吐了一會兒才稍微復活，旁邊立即遞來礦泉水和薄荷油。「謝了。」漱口加喝水後仍覺得屍臭味揮之不去，他只好在鼻子上抹些薄荷油，試圖讓其他刺激味道替代。

「看起來這東西很糟糕。」東風往車內背包看了眼。

虞因並沒有接觸過林粼粼的白羊布偶，所以不知道白羊和黑羊會不會讓他有相同反應，不過已經可以百分百確認不是好東西，以及跟蹤狂並不僅是要偷窺這麼簡單。

「媽耶，到底什麼鬼。」虞因又喝了口水，對黑羊布偶有種惡感。「你！等等去拜拜。」轉向若有所思的東風，他覺得眞的不行，跟蹤者居然把這種鬼東西塞在東風身上，同理，林粼粼最好也去拜一下。

想到這裡，虞因發了訊息給小海，請她下課後把女孩拽去學校附近的土地公廟拜拜，又想到小海那連鬼都怕的體質，對林粼粼那邊才稍稍感到安心。

完成這些事後，他深深吸了口氣，等鼻間空氣清淨許多，再繼續啓程。

然而一股不明顯的視線感再度引起虞因的注意。

他轉過頭，看見黑色的影子就站在車前，紅色的眼睛望著他，依然毫無波動，只是很慢很慢地抬起手，指出方向。

□

虞夏接到大兒子再度失蹤的消息是近午時分。

這次還帶著上午爽約、遲遲未出現的東風。

他拿著平板，沉默地看著天花板，腦袋裡只出現「又來了」這樣的字。

早上在家把林粼粼那邊留言的最後名單排查完並整理好的聿聯絡了周大師，得知兩人失蹤前，東風曾打電話跟他預約淨水。

「老大！」小伍推開辦公室的門，沒注意到虞夏身周緩緩升起的殺氣，認真報告：「我們核實過了，死者李婻的確是長期騷擾林同學的留言者之一。」聿傳來的第二份名單有四人，其中一個是李婻常用帳號，雖然沒有另一個詛咒林粼粼下地獄的女性網友那麼嚴重，但李婻也暗暗在某些回應裡指稱林粼粼是個睡過很多男人、被好幾手包養的婊子。

確認這點後，小伍快速調閱李婂的金流記錄，很快發現她陳屍的地點雖然是自宅，但半年前並不是她的主要住處，原本是住在繼承的另外一處大樓，房子比這裡的大很多。

可惜李婂的電腦與手機資料遭到刪除，目前正試圖修復，看看能不能還原出一些有用的東西。不過用手機號和信箱註冊的幾個帳號仍能找到不少蛛絲馬跡。

因此進一步掌握到她是偶然得知林粼粼住到這裡後才完全搬來，並且還與一些「志同道合」的網友不斷抨擊林粼粼。

「我們在她帳號資料中找到一些偷拍記錄，林同學門口至少有兩個針孔是她擺放的。」小伍把剛剛才到手、熱呼呼的資料全傳給虞夏。

李婂的留言其實是抹黑，林粼粼報案後多次配合警方調查交友與環境、日常習慣，可確認她生活單純、潔身自好，並沒有那些勾引男人之類的行動，這類造謠源頭多半出自那些惡意的追求者，或者有心人士刻意營造她和助理、男性友人勾搭，強行潑髒水。

大多網友並不會去查證，只是想要看熱鬧。而就算是公認應該要公正的大眾媒體，也有好一部分缺乏查證的意識與動作，丟個聳動的標題只爲譁眾取巧、吸引點閱率，就更別說一般看戲人了。

死者究竟是基於個人原因想傷害知名網紅，或是單純看不得別人好、想搞爛她，這點還得繼續往下挖掘。

目前可知的是，死者單方面與林粼粼有一定程度的關係，但林粼粼與大樓住戶一起被詢問時，則表示過不認識死者。

這是巧合嗎？

虞夏並不這麼認爲，加上那具屍體還是大兒子發現的，讓人頭痛的程度更翻倍了。

「老大！」

這種頭痛時刻，辦公室又跑進來一枚鑑識人員。

說起來玖深這種無視他們主管和規定，直接往這邊跑的動作也好多年，虞夏突然思考起怎麼這傢伙還沒有榮登上司黑名單。

上午嚴司從女性死者遺體裡掏出了另外一塊符紙，如周震所說，這是一個套組，卡在食道的是「不可離」，簡單說，便是讓冤死的亡者看不見、無法說，也離不開，按民間說法是不給冤魂伸冤或找凶手報仇，因爲祂看不見路、沒辦法訴說冤屈，也離不開那個浴缸。

凶手有備而來。

「找到了！」玖深有點興奮，雖然之前他嚇到差點又逃出工作間，後來被其他同僚拖了回來。

虞夏和小伍同時注視好像在搖尾巴的同事。

「大蜈蚣！」玖深比劃了下，「在單人沙發裡。」

虞因特別告知玖深有蜈蚣的存在後，玖深對細小的痕跡更留心了，找了屋內一晚無果，他只好翻遍大大小小可能躲藏的家具，最後在角落的單人沙發後注意到有一小條暗色的痕跡——沙發邊擺放著深色茶几和矮櫃，所以這痕跡最初沒被注意到，是把沙發翻過來後才隱隱看見。

將沙發打包回來、小心切開，赫然發現內部夾著一具大蜈蚣的屍體，也不知道怎麼鑽進去的，保存得相當完整。

「蜈蚣上有符咒嗎？」小伍深陷女屍身上有符紙的思路，下意識問了出來。

玖深一抖，驚恐地看著居然想要用魔法攻擊他的員警。「還、還在檢查。」

虞夏盯著發抖的鑑識一會兒，突然知道為什麼這傢伙會出現在這裡了，「你該不會到現在還沒睡吧——滾出去休息！」是用休息時間跑過來的啊！

「啊對，我要去吃飯。」玖深這才想起自己離開工作區是為什麼，阿柳把他趕出來之後要他先吃飽再睡覺。

目送離開時瞬間遊魂化的青年，小伍深沉地轉向他家老大，並深深懷疑該不會就是因為這樣所以他這幾位上司和同僚到現在才都沒有女朋友吧！一群連吃飯都會忘記的工作狂！

突然覺得幸好自己有美麗可愛、香香軟軟的女友。

相較於目前正在焦慮尋找慣性失蹤者的其他人，失蹤者這邊呈現一種詭異的安逸氣氛。

應該說他們也只能放寬心等待。

大概第十次嘗試開車門未果，虞因很無奈地看向一起被鎖在車內的夥伴。不同於他有點焦急的心情，手機再度失去訊號的東風竟然很悠哉地打起手機裡的小遊戲，並且玩出超可怕的分數。

「你要玩嗎？」東風注意到一旁青年再度查看時間，很好心地把手上的方塊遊戲遞給對方。

「……不要。」看著落下速度已經破錶的俄羅斯方塊，虞因並不想挑戰大魔王等級。

稍早向東風解釋過黑影的動靜，他們倆順著黑影的指引走了一段路，接著在第二次路邊停車時，發現自己出不去了——車門完全故障，手機訊號消失，四周沒有任何行人車輛，整條街道彷彿被世界遺忘，想找人求救都沒辦法。

唯一值得慶幸的是車內空氣流通正常，空調尚可運作，至少不會被悶死在裡面。

再度推了推車門，毫無動靜，虞因喪氣地躺回椅背。

「要不然你睡一覺吧，被放出去時我再叫你。」東風覺得既然對方故意不讓他們離開，必定有其考量，多半是時候未到，這麼一來就只能等，反正看樣子也不像是想把他們弄死抓交替。

虞因偏過頭，盯著很冷靜打遊戲的友人側臉。「說起來只有我們兩個人，反正都是消磨時間，玩個眞心話大冒險？」

「你可能會被我玩死。」東風非常誠懇地把結果告訴對方。

「……我們可以單純地一問一答，不要有遊戲過程。」虞因抹了把臉，消化著隔壁飄來的凶殘提示。

東風放下手機，無奈地轉過頭，「你想問什麼？」在這種狹窄空間裡，果然避不開談心的可能，他都刻意拿遊戲出來打、想迴避這種尷尬的場面了，奈何身邊的人不配合。

不知友人心中的糾結，虞因想了想，把問題拋給對方：「你能告訴我什麼？你們一直都曉得我想問什麼，但現在可以說了嗎？」

用上了「你們」，東風明白青年指的是對於工作室由來，他內心過不去的這件事。

幽幽地嘆口氣，東風手指無意識摳了摳手機殼。

說起來這個手機殼還是虞因做給他們的，半年前工作室接了個系列手機殼的案子，虞因完成工作之餘，和生產廠商也搭上了關係，順便幫周遭人做了專屬的手機殼，二、三十個樣式全都沒重複，花費的時間居然比完成案子的時間多出兩、三倍不止。

足見他對身邊人的用心。

當時給東風的是一個白色老鷹圖騰的機殼，他還記得虞因那時說讓他們自己去想各自圖騰的意思，反正設計師本人不告訴他們答案，大家自由發揮。

「我……記憶確實還很多……沒回……」東風握著手機，指頭描繪著上面的圖騰紋路，深深吸了口氣。「所以大部分是從資料上推測，遇到的各種事情，還有你們最初微妙的態度，雖然不是很確定，但都可推敲。」

虞因一開始不太理解對方的意思，不過提到了「最初」，當時失去記憶的東風表現出來的確實是戰戰兢兢，雖然這麼想有點抱歉，但他覺得那時候的東風像小動物一樣軟軟又抖抖的，莫名有點可愛，對陌生環境和人很擔憂，又小心翼翼地試圖看人臉色，每天都伸出一點爪子在試探世界。

這狀態在後來慢慢與周邊人熟起來、加上記憶漸漸回復後才改善，直至今日，原先的傲嬌性格差不多都回來了，以至於大家偶爾會忘記他其實記憶不全這件事。

現在東風提起這件事……虞因認眞思考一會兒後，緩緩皺起眉。「你的意思該不會是其實你記憶恢復得沒有我們想像中那麼多，很多是你自己看資料與觀察我們推測出來的？」

東風點點頭。

虞因沉默幾秒，覺得頭有點痛。

如果是這種狀況，那他拉著聿硬是成立工作室時的想法——

「你還在害怕嗎？」虞因沉重地張口詢問。

怕那些他還未想起，但從資料裡攀爬而出，潛伏在黑暗裡，隨時可能成爲炸彈的過去。

所以才想用工作室綁住他們這些人？

「你誤會了。」東風看著對方的表情，發現對方可能理解錯誤。「我不是想牽制……」

話還沒說完，兩人同時一怔，停下正在說的話題，轉而警戒四周。

不知什麼時候開始，車子周圍出現層層疊疊的黑影，並非包圍著車輛，而是有來有往的「影流」，大大小小的影子從車邊擦過，彷彿沒看見車子裡是與它們不同的人類，只魚貫地走動。

東風看不太清楚外頭的異常，隱隱約約看見的是投射在車窗上、閃爍的怪異光影。

如果虞因可以同時看到兩人所見，他大概會形容自己看見的是ＨＤ畫質，而東風的連320像素都沒有吧。

總之虞因看見的是大批人形黑影一個個穿梭而過，比較令人感到安慰的是「它們」沒有穿進車裡，都在車外，但數量仍很驚人，如果換算成飄數，那這裡約莫死過成千上百的人。

——不太可能。

他們停車的地點是在大樓區的馬路邊，再怎樣也不可能出現這麼多死者，況且這裡以前也不是墳場。

還在驚疑不定之際，左側車窗突然被敲了兩下，虞因反射性回頭，正好與一雙紅眼睛對上。

「什麼在那裡？」東風雖然看不見，但可從虞因突然繃緊的肌肉與暗暗倒抽一口氣的反應推測出來。

車外黑影歪了歪腦袋，似乎對於有附帶訪客感到疑惑，不過很快又把紅眼睛轉向虞因，重複了敲窗動作，明顯在催促車內的人趕快出來。

「你待在車裡。」虞因瞄到不遠處有抹黑影緩慢成形，是女性形態，腦袋上糊滿猩紅。

還沒推開車門，他已先聽見了副駕駛座傳來開門的聲音。

「走吧。」東風沒打算留在車裡，鬼知道獨自留在裡面會不會又遇到什麼事。

看來沒辦法勸了，虞因只好摸摸鼻子跟出去。

果然是在等他的黑影很快出現在街邊一角，如同上次般指向大樓邊的小巷，似乎沒有看見那個正在發出「哧哧」聲音的流血女人，如同以往地沉靜等待。

「跟緊我。」虞因拽著東風，邊把被還回來的淨水塞在對方外套口袋。「如果有事你就跑，先確保自己的安全，有辦法聯絡到外面就趕快聯絡。」

東風看看口袋，又看看虞因，發現對方雖然很緊張，但還不到異常警戒，由此推測，出現的東西或許威脅性沒有太強。「……那個沒感覺的影子？」

虞因見不遠處的黑影頓了下，眼睛轉向東風。「呃、對，別講了，你會引起祂的注意。」

身後的人果然沒有繼續討論這個話題。

順著黑影的指示，他們兩人走進大樓旁的巷子。說眞的，虞因覺得這位「仁兄」滿貼心的，巷內不算暗，除了一些靠邊走動的陰影外，沒有什麼讓人驚嚇的事物。

就在思考這黑影究竟有什麼用意時，後面突然遞來小本子……不讓東風講話吸引好兄弟注意，他就直接傳紙條了。

虞因扭頭向對方比了一個「×」——這個也不行，無法保證好兄弟會不會突然趴在背上窺看。

接回本子，東風無聲地嘖了下。

但本子上的問題其實有點意思，虞因邊這麼想邊回過頭，毫無預警地差點直接撞上不知何時停下的黑影，那雙紅眼睛幾乎貼在面前，把他的雞皮疙瘩整個嚇出來。

黑影的身後，再次出現黑色街道。

「……呃……」

「你別說，我知道。」

虞因沉痛地看著如此熟悉的烏黑長路與唯一點燈的大樓，這時他只能對東風說：「不同棟。」與上次黑影把他弄進去的大樓不同，這是另外一棟。

「不，我是要說這大樓我看過。」雖然四周一片漆黑，不過大樓下有盞路燈與門口亮著燈，已足夠東風辨識出這是什麼地方。「應該說你也見過，如果你記得的話。」

「咦？」被這麼一說，虞因確實覺得黑暗裡的大樓有點眼熟，主要是街道上的造型路燈好像看過。「……這不是學妹租屋對面的大樓嗎？」

「嗯。」東風轉向對街，只看見一片茫茫黑暗，並沒有顯露出該有的路燈與大樓群。

「你好鎮定。」看著開始閃爍的路燈，虞因突然覺得沒有上次可怕了，身邊有人時果然氣氛會不同。

「可能是因爲類似的事不是第一次遇到吧。」緩緩吐槽對方，東風邁開步伐往唯一亮燈的大樓走，頗有速戰速決的意味。

這次進入的大樓依然只點亮大廳的燈，而樓上也同樣僅有一戶亮起幽暗的光。

與林鄰鄰所住大樓不同，這裡的大廳較爲老舊簡陋，面對警衛櫃台的是一整面信箱牆，由信箱可看出大樓一層有四戶住家，整個住宅大樓由三棟組成，每棟十五層樓。

唯一亮燈的住戶在十樓。

東風踏進大廳後先搜索過全部十樓的信箱，其中有一戶正在招租，廣告信件與前住戶的平信塞得爆滿，其餘都相當乾淨。接著轉而看向警衛櫃台與旁邊待領的掛號信件，這裡並沒有與十樓相關的郵件包裹。「電腦還可以用。」現在許多大樓在管理上已經電子化，有一套處理住戶郵件的系統，他嘗試打開，發現畫面是登入狀態，隨時可調出近期各種收件資料。

虞因見友人並沒有第一時間衝電梯或樓梯，而是在大廳這邊先搜索可用訊息，默默地有點汗顏。上次他去林鄰鄰那邊的大樓時是直衝樓梯，完全沒有意識到被黑影顯現的大廳很完整，可以像這樣動手搜查。

盯著不斷下滑移動的畫面，東風把一筆筆資料全記入腦中。

大概不想他們一直在大廳耽擱，約莫五分鐘後，上方的日光燈與電腦開始閃爍，無法繼續使用。

不得不放棄電腦，東風拽著虞因往電梯方向走。亮燈的樓層戶與警衛室同棟、面朝馬路，電梯就在旁邊轉角。

「搭電梯？」虞因看著對方按下電梯鍵，很有求生慾地往逃生梯方向看。

「既然有目的地讓我們進來找線索，你還怕祂用電梯摔死我們？」東風冷笑了聲。大費周章把人引過來用電梯摔死，倒不如一開始就把他們悶死在車裡省事。

聽起來好像很有道理，雖然虞因對搭電梯還是有點抗拒，不過電梯門叮的聲開啓後，他仍然硬著頭皮踏進去，畢竟不能丟下東風跑去爬樓梯，萬一東風就這樣被電梯運到異世界怎麼辦！

幸好一路到十樓都沒有發生電梯掉落或是電梯消失的事，似乎就如東風所說，對方刻意讓他們來到這邊，就並沒有想摔死這些愚蠢人類的打算。

他們順利踏上十樓的走廊地板。

四戶中，有一戶的門微微開啓，從門縫裡溢出微弱的光芒。

和前一次有影子在屋內打架不同，這次屋裡相當安靜，沒有影子、也沒有奇異的動靜，似乎連空氣都凍結了，只聽見電器規律運作的聲響。

屋子布置普通，一進門可看見鞋架，上頭僅有三雙男性運動鞋，其中有一雙價格看起來頗高，另外兩雙則較爲平價且磨損較多，應該是平日交換著穿。

接著是一套沙發與矮桌，周邊散落幾本刊物、零食袋，垃圾桶內有剛換上的超商塑膠袋。

這也是三房兩廳的格局，坪數沒對面大樓多，屬於普通的二、三十坪大小。

客廳桌邊放著筆電，相對的牆上掛著電視。

廚房似乎不常用，沒有開伙的痕跡，冰箱裡倒是裝滿調理包、超商微波食品與飲料，一邊的櫥櫃則塞滿泡麵、零食等物，屋主顯然很依賴外食。

「咦？這個……」虞因彎身撿起其中一本刊物，是當季服裝寫眞，裡面有好幾頁都被剪開挖空，他往前翻找到目錄和本期介紹，赫然發現被挖空的地方居然都是林粼粼的專頁。

撿起另外幾本刊物也是同樣狀況。

虞因越翻越覺得毛骨悚然，黑影好像帶他們來到學妹煩惱的源頭。

「你來看這裡。」推開主臥的門，東風站在門口皺起眉。

虞因放下刊物，幾步走到主臥——與其說是主臥，還不如說是「觀察室」，房間內牆壁貼滿各式各樣的照片與圖片，主角並不僅有林粼粼，還有許多不同人，有男有女、有老有少，但以林粼粼居多，數量多到滿滿覆蓋在其他照片之上。

另一側是幾部電腦，十幾個螢幕架在牆上，目前全都關閉，就像十多張大開的黑色嘴巴朝向他們這兩個入侵者，密密麻麻的線路在牆邊鋪了一層。靠窗角的位置則擺了幾支高倍數望遠鏡，其中一支還架在窗邊，被窗簾覆蓋遮掩。

房內有幾個鐵櫃，裡面有一些替換用的電腦或望遠鏡配件，還有幾支型號不同的手機與針孔零件組，但大部分都空了，翻過一部分後，在最下方找到幾本厚厚的筆記本。

東風蹲下身翻看那些筆記，雖然沒有寫出名字，但樓層與年齡、性別等資訊都與林粼粼符合，是非常清晰且具體的生活觀察筆記，甚至還有一些她去工作與學校時習慣的路線，清楚到簡直就像跟在她身後記錄。

「靠，就是這傢伙！」虞因低聲罵道。光是這個筆記本就可以確定這人長期跟監林粼粼，難怪會這麼清楚學妹的日常作息，學校裡的監視器在哪也都有記錄。

兩人嘗試開啓電腦，但主機和螢幕都無法啓動。

「有訊號的時候先報警。」翻完手上的筆記本，東風總覺得似乎有哪裡不太對，但比起這個，還有更緊迫的事。「時間不多，我們得快離開。」他不清楚這種異空間存在可以維持多久，但剛剛進門時他就注意到了，鞋架上都是運動鞋，並沒有拖鞋，加上清空的垃圾桶，這只代表一件事——

屋主離開不久，很可能隨時會回來。

他們兩個待的時間已經足夠屋主丟完垃圾後逛幾圈超商再結帳上樓。

話剛說完，客廳外就傳來開鎖聲響。

兩人互看一眼，有默契地同時輕輕放下手邊的東西，側身避到可遮掩身形的鐵櫃後。

客廳方向光芒變強，有人打開客廳主燈，然後是物品被隨手丟在沙發上的聲音，接著傳來腳步聲。

聲音在主臥前停下。

虞因整個人開始發寒，挪動身體儘可能擋在東風前。他們進來時主臥的門是關著的，但現在敞開，無法確定外面那人是不是意識到不對，只可感覺「他」在門口停留的時間過長，足足過了十多秒才往房間踏了一步。

幽暗的空間像盪開漣漪，一抹黑色人形探進上半身，眼睛像貓眼一樣發出詭異的光芒掃視四周，接著「啪」的聲打開臥室燈。

「人」慢吞吞地走進臥室，繞了一圈好像沒發現異狀，眼睛掃過鐵櫃時也似乎沒看見躲在後方的入侵者，於是又繞了圈，拖著腳步走進主臥的浴室並甩上門。

等待了一會，浴室傳來沖水聲。

確認對方在漱洗，虞因拉著東風悄聲離開鐵櫃，退出主臥往客廳與大門方向前進。

潛出過程順利得不可思議，就連打開大門也都沒發出一絲聲音，兩人就這樣小心翼翼地回到昏暗的公共走廊。

兩人沒有停留，很快便等來了電梯，直到大廳時才稍微鬆口氣。

這時外面仍一片黑暗，路燈依然堅強地閃爍著。

虞因記得前一次離開現場後就回到正常空間，但他們現在還待在黑暗鋪滿的地方。

——還有什麼沒做？

後方電梯「叮」的一聲，再次打開門。

面對電梯方向的虞因只看見黑色人影從轉角撲出來，直衝他們，來不及多做解釋，他抓住東風的肩膀護住他的腦袋跑出大廳，跑過黑色的街道回到小巷，然後再從無人的小巷用最快速度衝向停車的街道。

不知道什麼時候天空已經亮起。

一名行人撞到虞因的肩膀，他們才一前一後停下腳步，兩個人都喘個沒完，周邊路人用奇怪的目光看著他們。

剛剛撞到人的路過上班族握著手機反射性先開口：「抱歉抱歉，我看……你沒事吧！」後面句子的聲音整個變調。

跟著路人驚恐的視線往下看，虞因才後知後覺地看見自己手上一片血紅。

「凶手不是我！」

無辜的上班族嚇爆了。

□

「凶手不是他。」

東風站在急診室門口，抱歉地看著倒楣送他們到醫院的上班族，並對第一個到達的虞夏解釋。

這時是下午四點，距離他跟虞夏約好的時間已超過好幾小時。

不得不說上班族是個好人，他其實只是下午溜班出來買個咖啡，沒想到路上撞到人、還差點撞出人命，接著幫他們叫救護車，一路護送兩人到醫院，確認沒生命危險後，又留在這邊陪等家屬過來。

倒楣上班族遞出名片給虞夏，心裡有點奇怪為什麼叫來的家屬也這麼年輕，不過歷經社會重重毒打，上班族沒表現在臉上，很有禮貌地介紹了自己的公司和職位，表示絕對不是什麼殺手或可疑人物。

虞夏看了看上班族，沒看出什麼凶神惡煞的背景，也遞了名片給對方。

上班族看見名片上的職稱後內心震驚，暗暗慶幸剛剛沒開口懷疑對方是不是學生。

終於確定虞夏真的是可主事的家屬後，上班族才安心離開，正好與剛進來的聿擦身而過。

見聿也到了，東風直接把離開學校之後發生的事告訴兩人，不用重複描述。大致說完後便開始繪製那屋子的格局、內裝，以及把看過的名單、筆記本內容口述一份給聿。

即使他記憶力強，但時間一長可能還是會落下幾個，最好在第一時間整理出來。

沒多久，虞夏就收到聿整理好的電子檔和東風畫好的幾張圖樣。

這時虞因的傷口也處理好了。

他們在跑離大樓直到街道這段期間，虞因不知何時左肩膀被劃開一道傷口，可能是急著逃離沒感覺，直到被上班族喊出來，才發現出血量很大，半個肩膀都染紅了；幸好在送醫過程中有先處理傷口，確認是較淺的刀傷，約莫十公分左右，沒有傷到重要血管和神經，只是這陣子會左手動作比較不方便。

一開門，虞因就看見杵在外頭的兩尊大神，瞬間頭皮發麻，感到的心理壓力比那個黑色人影追上來時還可怕。

「……搞好之後滾回家休息。」虞夏覺得心累，懶得殺小孩了，他之後還有一大堆工作，包括走流程申請搜索對街大樓疑似跟蹤狂住的樓層戶。

把大兒子丟給兩個小的，確認過安全後，虞夏拿著圖樣煩躁地走人。

可能是不在場的嚴司不知從哪聽到消息並開始作祟，虞因突然多了好幾項檢查，連主治都換成一位看起來德高望重的資深醫師，而且醫生的目標不只他，前一天受傷的聿也被好幾名護理師圍住，兩人直接被老醫生按著在各種儀器前上下檢測，終於被放出來時已經是深夜時分。

整天下來幾乎沒進食又筋疲力盡，虞因抱著有點胃痛的肚子離開最後一個診間，在外面等待的聿站起身，把手上溫熱的湯杯遞給對方。

聞到濃湯的味道，他邊喝邊看了空空的走廊。

「東風去看道路監視。」聿淡淡地開口。

兩人被老醫生拖走後，獨自留在外面的東風發現要花很多時間，所以就跑去找虞夏的下屬看監視畫面。雖然上午他被迫爽約，但員警們還是有進度，據說有些發現，再加上今日的經歷與縮小了鎖定對象的範圍，可能很快就會有進一步結果。

「喔瞭。」虞因邊喝湯邊點頭，整杯喝完後胃才比較沒那麼痛。

「他說回來再謝謝你。」聿頓了頓，看向虞因的肩膀。東風離開前對他解釋過，虞因很可能是在電梯二度開啓、他們逃出大廳那時受傷。當時他注意到虞因刻意護住他的頭，這表示看不見的東西一開始是衝著他來，他與虞因有十一、二公分的身高差，那刀如果不是落在虞因肩膀，很大機率會砍在背對電梯的東風脖子或後腦。

「啊，這個我沒特別注意，幸好是砍在我身上。」虞因當時沒想那麼多，黑影撲過來時，他只覺得有東西往東風後頸甩，才反射性護著那位置，但他以爲沒打到，仔細想想好像就那時候有過接觸，之後一路竄逃出來，黑影都落在很後面，跑到巷子中段時，根本沒跟上來了。

被聿這麼一說，他感到有點後怕。

還好那顆聰明的腦袋沒被爆頭。

啊等等，該不會當時提示的是這個吧？

虞因猛地想起那晚在工作室裡看見的血色，的確那身血都集中在上半身……見眼前的傢伙居然還在慶幸，聿無言地轉身走人。

「幹嘛啦，就很幸運咩。」虞因快步跟上，順道拿出手機，重新有了訊號的手機螢幕上出現各種訊息提示，好幾個群組顯示有超多未讀，打開一看居然還有周大師，主要是問他還活著嗎，他都去寺裡多求一點淨水了，希望他好好活到新的淨水宅配到府，不要浪費他爬山的時間。

原本停在街邊的車子已經被虞夏找人開回去了，兩人一個手臂受傷、一個肩膀受傷，都屬於不方便開車的狀態，只能叫夜間計程車。

虞因邊朝聿發動碎碎唸攻擊，邊看著半透明人影踉蹌地經過他們附近。不論白天黑夜都可以看見這些遊蕩在醫院的存在，所以他不喜歡出入醫院，可惜命運就是讓他離不開這裡。

進電梯時他瞄到有個瘦巴巴、幾乎只有一層皮貼在骨頭上的小孩正在玩電梯按鍵，每次聿按了樓層，小孩就把樓層鍵按掉，連續三次後聿大概也有點煩，直接從背包裡掏出護身符，小孩秒穿過電梯門消失，電梯才順利往一樓移動。

……兩個小的都好鎮定啊。

虞因在心中感嘆。

結果就一路感嘆到醫院外的廣場，接著搭上在外面等待的計程車，回家中途在速食店買了漢堡薯條等各種不健康的宵夜，最後和宵夜一起回到家中客廳。

縫合傷口時醫生其實有要虞因對一些食物忌口，但半夜莫名特別想吃這些東西，聿大概也是可憐他今天被砍一刀，並沒有強迫他不准吃，只是深深地給了他幾秒白眼。

邊啃著辣味漢堡，虞因邊把東風看不見的那些黑影等狀況說給聿聽。「帶路的黑影跟後來砍傷我的影子不同人，雖然沒有仔細看，但我覺得傷人的是追出來的屋主。」

看了多次那抹安靜的黑影，虞因隱隱注意到對方的動作姿態，畢竟時不時被東風嘲諷辨識時可以觀察人的動作習慣，他也下意識記住了一點。黑影在動作時很「靜」，好像很想讓自己沒有存在感一樣默默待著角落，這與暴起傷人、威脅感十足的黑影完全不同，連他都可以很輕易地辨別。

但是屋主應該是「活人」，不知道是否因爲他們當下所處空間是黑影這邊的空間，以至於視覺反饋不同，所以屋主呈現出來的樣貌異常可怕。

如果是這樣，他們待在車裡時，外面那些來來去去的影子極大可能都是「活人」，只是空間不同、造成看見的也不同……但沒有方法可以確認這個猜測正不正確，反正就先當是這樣吧。

虞因嚼著酥炸雞肉，猛地想到一起在異空間奔跑一輪的東風不知道會不會有後續影響，於是催促聿發條簡訊給友人，要他把口袋裡的淨水拿出來噴一噴，順便淨化一下霉運。

話說回來，當時屋主看他們又會是什麼樣子呢？

以及，如果屋主是在原本的「空間」裡面對他們揮刀，那麼大白天的在大樓的大廳裡，這種動作就非常讓人驚駭了。

大概與他有同樣的想法，聿很快收到東風的回訊，另一端的友人第一時間便催促虞夏去申請看大樓監視器畫面，可惜大廳的監視器壞了，警衛當時去巡邏不在大廳，但東風傳來三段電梯裡的監視畫面。

第一段是下午，電梯在無人搭乘的狀況下打開並運行，到十樓停下、開啓電梯門。

第二段是一小時後，有名身穿黑色外套的男子走入電梯，他低著頭，頭上戴著棒球帽與口罩，看不出模樣，手上掛著便利商店的提袋。

第三段是又經過了十五分鐘左右，電梯無人搭乘時運行，從十樓往一樓，但隱隱可以看見電梯裡好像有一部分空氣扭曲；接著電梯又回到十樓，黑色外套男子匆匆跑進來，男子低頭並戴著相當大的黑口罩、棒球帽，幾乎看不見面目，電梯到一樓時男子又匆匆跑出去，相差不到兩分鐘。

可以想見的是接著男子就衝到大廳，不知道對著什麼揮刀。

問題來了，男子是怎麼發現他們的？

「啊……頭好痛。」

虞因感覺智商不夠用。

當普通人有夠難。

□

「虞學長好像沒事了。」

林致淵收下手機，轉頭看向眼巴巴對著自己的學妹。

「呼～那就好。」林粼粼稍早聽小海說虞因走丟的消息，還擔心了一下午，幸好傍晚就有消息。

得知跟蹤狂很可能就住在對面大樓，林粼粼當晚立刻打包行李，拉著小海與送他們回來的林致淵去旅館開房間，當然開的是她和小海的房間，林致淵晚點還要回宿舍。

林粼粼完全無法想像對面大樓竟然有個偷窺自己那麼久的人，雖然還沒完全確定，但光想就很恐怖。

她搬到這裡已經一年了，知道被跟蹤則有兩個月，看不見的那雙眼睛用了這麼長的時間觀察她，透過一個個窺視的器材看她時，到底在想什麼……？

「啊，不行，我要心理崩潰了。」林粼粼想到鏡頭後可能有的詭異視線，以及恐怖粉絲會有的各種舉止，再結合那些根本數不完的騷擾信件和性幻想話語，她恐慌到連忙抱住小海，吸了一會兒漂亮姊姊，覺得自己又可以多撐幾秒。

小海沒把吸附在身上的小孩丟開，只歪著身子去搆桌上的氣泡水，然後幫對方打氣。「安啦，那傢伙要是敢出現在妳面前，明年的草就會和他本人一樣高。」最討厭這種跟蹤騷擾的變態了，以前店裡也一大堆，都被她挑出來一個個處理掉，雖然有點可惜不能埋掉，不過也算送了不少業績給派出所。

能埋多好，能把變態埋掉的話，世界就會少掉很多困擾。

站在一邊的林致淵看了一下環保小尖兵群組——群組是小海組的，名字是小海的小弟們取的，就是那些留在林粼粼租屋附近幫忙巡視的小弟們。乍看之下覺得名字還眞有點貼切，據說本來要取的名字是「大型垃圾解體焚化執行組」，但做案慾望太明顯，小海擔心忘記刪訊息通知會被虞佟看見，否決了這個名字。

群組小隊員們正在報備大樓周邊沒有看見可疑的人事物。

小弟們巡邏時重心在租屋的大樓，當時並沒有特別注意對面大樓，所以錯過了虞因兩人那邊可能發生的騷動，或是追出來的怪異男子。

爲此，小弟們深感執行層面不夠廣，幾個人又重新規劃巡邏班表，擴大範圍多加了兩班，私下還在賭誰先逮到跟蹤狂，逮一得十，逮到的人可獲得其他人十分之一的薪水。

總之，目前沒有異狀。

「妳們早點休息，我先回宿舍了。」按了幾個群組，都顯示今晚沒有特別需要他的場合，林致淵揉揉痠痛的脖子，接著驚覺自己竟然出現這種上班族症狀，不睡滿八小時都對不起自己。

「路上小心喔！」

沒讓兩個女生出來送，林致淵離開前還檢查了一遍鎖，都沒問題後才從旅館離去。

出大廳時旅館櫃台和他打了招呼，入住時他們有明確告知過林粼粼的狀況，旅館的安全防護很周延，也承諾會多留意住客的安全。

夜半的街道幾乎沒什麼人煙，偶爾才有一、兩輛車呼嘯而過。

不知道是不是錯覺，他總覺得好像有股線香的味道散逸在夜風裡，隨後便看見沒燃盡的小紙片從他腳邊飄過。

晚間他過來時先去幫女孩們買了些零食，因旅館附近機車位不多，所以他摩托車停在離旅館有點距離的地方再徒步走來，現在這時間大部分店家已經休息，沒了招牌燈，讓停車處看起來有點暗。

林致淵走到摩托車邊，先取出面紙隔著，再以手拿起擺在座墊上的小東西——白羊布偶。布偶的身上別了一個粉紅色髮飾。

他覺得有百分之九十的可能性是林粼粼的東西，對方無法靠近滿布監視器的旅館，所以選擇把東西放在他車上。

都已經被發現蹤跡了，居然還不放棄嗎？

「有種。」捏捏布偶，裡面同樣有不明硬塊，他翻出個乾淨的袋子把布偶塞進去，打算先去警局一趟，再回宿舍睡大覺。

然而他想放過自己時，別人還不見得放過他。

倏地側身躲開重重呼來的球棒，林致淵順勢瞄了眼附近的監視器，果然被破壞掉了，伴隨而來的是一大群從黑暗裡走出的混混，好巧不巧前幾天的半夜他才修理過這群人，裡頭還有一、兩個臉上仍帶著傷。

「抱歉啦小朋友，你擋了別人的路，有人花錢整你。」其中一人握著鐵棍往地面敲幾下，恫嚇意味十足。「今天沒有你那些朋友，你還是乖一點吃個幾棍，不然狀況變糟就不好了。」

「……喔，我是想不出來怎樣才會變糟。」林致淵鬆鬆筋骨，看著停到那些包圍者後面的熟悉摩托車。

「救兵？」混混往後看了眼，只有一輛摩托車加一名騎士，他們嗤笑了聲，完全瞧不起這個後援，撐死也就是個社會人士，一個大學生加一個社會人士還能怎樣，他今晚可是多帶不少打手。

「是直覺很準的學長。」把布偶塞進口袋，林致淵好整以暇地拎起自己的安全帽，在手上拋了拋，突然想起東風帶走的十公斤，這狀況下用說不定效果會很好。

「對了，我先提醒你們，我學長，超凶。」

7

翌日虞因一覺醒來，聽到的第一個消息就是林致淵和一太兩人在大半夜把十二個人摀進醫院。

雖然事發地點的監視器被破壞，不過還是可從現場狀況釐清兩人原本是被圍毆，圍毆的人沒想到會被兩個「受害者」反圍毆，虞佟走了趟，把兩個小孩領出來；接著還從林致淵那邊得到一些消息，例如他前不久就幫其他學生揍過這批人，隨後從混混們身上又衍生出學生打工遭到詐騙的案子。

虞佟不得不再花一點時間教育小孩遇事要好好報警。

「這就是我們一大早來打擾的緣由。」還是沒睡到八小時的林致淵很乖巧地把前因後果告訴剛下樓的虞因。

把兩人帶回家裡，虞佟又跑局裡忙碌了。

「你怎麼會那麼剛好去反圍毆現場。」虞因無言地看著悠悠哉哉在廚房晃來晃去的一太，根據學弟的證詞，其實毆打大部分混混的都是這個人，一個人至少揍了三分之二，手段極其凶殘，警察接獲鄰里通報到場時，滿地爬不起來的小混混幾乎涕淚都噴出來了，跪求快點把他們帶走。

可怕的是後來進醫院檢查，這些人大半都是輕傷，反而林致淵處理的那幾個傷勢重了點，不知道一太是怎麼在他們身體和心靈留下陰影，監視器沒拍到、混混們不敢說，總之捱揍的一群傢伙像是在這晚被打乖了，滿嘴信誓旦旦地說出獄後要當個好人。

「半夜突然想吃燒餅油條，感覺要走那邊的路，就剛好路過遇到了。」一太從廚房出來，手上端著大盤子，盤面是一圈手工燒餅，中間則是放了切成比較短的油條，聿手受傷不方便做精緻的早點，所以一太在旁邊當助手，邊聽指示邊加熱這些東西。被重新加工過後的燒餅油條看起來似乎酥脆加倍，飄來陣陣香氣。

「你人生的剛好真的有夠多。」虞因嘖嘖地伸手想幫自己續杯熱豆漿，結果杯子直接被一太拿走，很快就和一份早餐放回來，傷殘人士得到特別照顧待遇。

「你人生見血時刻也真的多。」瞄了眼對方手臂上那圈繃帶，一太搖搖頭，畢業這麼久了，友人的這點彷彿還是沒什麼變化。

「……不要說出來。」感覺受了暴擊，虞因悲傷地用力喝一口豆漿，結果還被燙到，心情更受傷。

「學長們眞厲害。」混戰中被敲了幾棍的林致淵感嘆，他還有點沉浸在昨晚一太修理混混的手段之中，暗暗決定要好好學習。接著垂涎地看向額外加碼的烤肉和蛋，旁邊還有自製吐司什麼的一些大大小小的配菜，雖說都是冰箱翻出來加熱的食品，但大清早的餐桌依舊豐盛得彷彿像在作夢，如果不是因爲不好意思，他眞想偶爾寄住在虞學長家裡。

「快吃吧，吃飽先去休息。」虞因無奈地招呼兩名奮戰一晚的訪客，雖然死的都是別人，不過他們兩個看起來也是倦了。東風最近住家裡，所以他簡單更換了自己房間的床單等寢具，兩個大男生擠一擠還是睡得下。

「我待會兒有事。」一太婉拒了休息的提議，轉頭問聿能不能打包些早餐，他順路帶給阿方。

已經快吃到夢遊的林致淵當然是哪裡有床哪裡先睡。

早餐過後，一太提著保溫盒離去，林致淵也進入昏迷狀態。

差不多快九點時，虞佟帶著東風回來了，兩人看著也是一夜沒睡的模樣，虞佟手上還拿著一封厚厚的公文袋。

「針對十樓的搜索票可能要中午才會下來。」虞佟取出公文袋裡的紙張，這些是東風看了一晚監視器後擷出的畫面。東風看監視器的速度非常快，除了可以倍速，還可一次看好幾個不同畫面，整夜下來進度相當驚人，即使跟蹤狂把自己包得密不透風，還是可藉由他走路的姿態捕捉到大量畫面，就這樣提取出幾條跟蹤狂平日的路徑，與跟蹤林粼粼時候的畫面。

當然，車禍當下與東風等人擦身而過時的也在其中，目前被列印在紙張上，刻意低著頭、戴著帽子的男性過馬路後在路邊站了一會兒，混在人群中取出包裡的相機對著車禍周邊拍攝了數分鐘，接著走進對面大樓。

其實看到這邊，已經可以證實跟蹤狂的身分，但無法進一步證明對方傷人，畢竟昨天虞因兩人受傷方式詭異，監視畫面根本沒拍到他們出入過大樓，與跟蹤狂毫無交集，基本上算是吃了一記悶虧。

除了這些整合出來的大樓周邊監視畫面，還有黑白羊後續檢驗成分的資料，林致淵昨晚拿到的那隻則僅有初步資訊，但可確定部分是動物骨灰、骨頭，與前兩隻相同。

「阿因對黑羊的反應很大，應該是這個的關係。」虞佟攤開幾張檢驗報告，前兩隻黑白羊已經被解剖得很徹底，開始分解後，他們發現「羊皮」有兩層，內部有一層與外皮顏色相仿的裡布，裡布那層揭下後，上面畫著怪異的暗紅色符咒。光是看著列印出來的紙張，就讓人相當不舒服，特別是符咒的中心有個扁扁、像柳葉形狀的細長眼睛，讓詭異感更是翻倍。

「這看起來很需要淨水。」虞因揉揉腦袋，可能是心理因素，在對上符咒中間的「眼睛」時，他又開始有點暈暈的感覺。

「周大師沒見過這種咒文，他說要走一趟寺裡請師父們幫忙。」當然，虞佟也請幾位與警方關係友好的宗教專家協助了，但目前回饋的消息都是還在查先輩的資料，不過可確定的是，這種符咒與「陰靈」有關係，把符咒裡面構成的幾部分拆開後，出現了一個少數民族「陰靈使」的咒語，找到這部分的民俗專家很久以前在東南亞研究過相關古物，因為模樣特別，才留下稀薄的印象。

虞佟快速解釋了咒語效用，簡單地說，就是請來陰靈附著在目標物上，會慢慢影響目標物的神智，當然陰靈也會從中獲取活人的生氣作為報酬，時日久了，目標物就會失去自我，轉而聽從施咒人的話，變得像傀儡一樣。

附帶一提，這邊的陰靈不一定是鬼魂，也有可能是某些有靈智或會作祟的存在，不過施展的人多半會選擇鬼魂。

「……這也太異世界。」虞因沒想到一個跟蹤狂還可以牽扯出這種怪異的符咒，但似乎又不意外，畢竟現在網路無國界，時不時有怪異的資訊流入世人面前，看看那個詛咒林粼粼

的玩意就知道。「不過林粼粼他們周邊沒看過什麼陰靈，玖深哥他們也沒有。」

啊等等，該不會就是那黑影吧？

但祂沒附在人身上啊？

「專家說慶幸的是這符咒畫錯了，下面有一些文字錯誤，可能是描繪的人接觸的原圖不太正確，沒有複製完整。」虞佟補上後面這段話。

題外話，玖深聽到符咒效果時，差點當場死機，因爲他就是很細心分開兩層皮的那個人，早上還看見他邊發抖邊將一大把新求來的平安符掛在工作台上。

「所以其他部分可能有對的。」黑羊確實出現了詭異的效果。虞因表情複雜地看著照片上的東西。「你覺得大師的淨水可以批發嗎？」

虞佟笑了聲，說起來對周震也挺不好意思的，這類有功效的東西畢竟稀少，他們家一口氣就消耗掉一整瓶，周震當時還沒怎麼收他們錢，後來貼補的費用都被拿去捐給山上的寺廟了，他和虞夏正在排休，打算找一天把大兒子帶上山正式致謝。

虞因把印有黑白羊符咒圖的紙翻過來，眼前只剩白色的紙背，此時突然想起都沒聽到東風的聲音，回頭才看見人趴在沙發上睡著了，聿正替對方蓋上薄毯。

毯子蓋好後，聿走過來拿起桌面上印有符咒的紙張，淡淡問了個問題：「動物血嗎？」

不用虞佟回答，他的視線已落在檢驗結果上——

人血。

□

正午時分，虞夏領人直接搜索十樓。

不知道是不是得到消息或昨日的異狀打草驚蛇，屋主不在，虞夏煩躁地讓人去聯絡屋主時，小隊裡突然有人爆出一句：「門沒鎖！」

看似關上的鐵門其實只虛虛掩著，隨手一拉鐵門就開了，裡面的大門竟然也沒鎖，就這樣非常輕易地被小隊打開。

映入眼中的大廳與虞因和東風描述的一模一樣。

接下來更多相同場景曝光在眾人面前，包括那個充滿螢幕和主機的房間，來不及收走的望遠鏡則散落在窗邊。搜索員警試圖打開主機，發現無法啓動後揭開機殼一看，原來硬碟已經被拔走，其他幾台也一樣，不論是主機裡的硬碟或是櫃子裡的備用硬碟，全都被收得一乾二淨。

記錄林粼粼的那些記事本也已不見，不過滿牆足以讓人吃驚的照片倒是留了下來，顯然屋主走得很倉促。

「楊政舷，二十八歲，單身、父母早亡，沒有其他可聯絡的親戚。」

屋主的身分沒多久就查出，這也與東風在警衛櫃台搜查到的名字相符合。

虞因等人收到身分確認時剛吃完午餐沒多久，睡醒的林致淵回學校，而他們三人正往工作室前進，第二波更詳細的資料於途中傳來。

會開車的兩人目前都處於無法開車的狀態，最後還是叫了計程車。

就算沒有要營業，工作室裡有些保存期限短的物品還是得去處理。例如聿之前叫的一些產地直送的新鮮水果與蔬菜，雖然已將一部分低溫保存，但還是有些快要過熟，或是只能常溫儲存，這些就得趕緊消耗掉。

雖然兩名傷殘人士都堅信自己可以，但東風覺得他們並不行，在兩兄弟試圖各自進行勞動時，東風舉起準備撥號給虞佟的手機，才讓他們放棄掙扎，最後只做一些簡單的雜事。

這兩天沒開業，楊德承已經把預留在冷凍庫的冰淇淋和冷凍甜品拖走大半，看樣子還可以再支撐幾天，所以聿下午主要是處理那些生鮮蔬果，虞因就拿著筆電窩在烘焙室裡的小躺椅，邊把收到的訊息唸給兩個小的聽，邊把畫面連到牆上的螢幕。

「沒有前科，待業中，曾任電信業的工程人員，有一段時間到府替人裝機或維修……林鄰鄰家裡的針孔應該是這樣來的，這人負責過包含大樓的這片區域，半年前才辭職。」

一起傳來的是張青年的照片。

他有張過於平凡的面孔，與跟蹤行爲很難連結起來，五官相當平板普通，兩頰略微消瘦，眼神不太自信，面對鏡頭時下意識微低下頭，表現出排斥被注視的反應；沒什麼造型的頭髮稍長，但不會油膩，衣服也整齊乾淨、甚至有燙線，可見青年很注重整潔。

這張照片來自於他的前同事，提供者說青年不善交際，社交恐懼可能有點嚴重，同事偷偷試過，青年單獨與人相處沒多久就會開始緊張，只和這位搭檔有段時間的同事偶爾聊個幾句，聊天的內容也挺乾；但青年工作認眞，維修時態度相當好，雖然去客戶家裡沒辦法久待，但離開後都會細心地把注意事項和故障問題、簡易修復方式以簡訊傳給客戶，並告知對方自己不善交談，如有冒犯敬請見諒。

大部分客戶都能接受，並在收到簡訊後覺得青年人不錯。

照片是一年前在偶然的機會下，同事鬧著幫他拍的，勉強算是唯一一張近期的生活照——

青年家裡完全沒有他本人的照片，只有多年前的證件照。

「半年前辭職的理由是想進修，當時公司有挽留他，畢竟他維修技巧不錯，很少被客訴，甚至還有人指名要那位話很少的先生進行維修。」虞因邊看著青年的經歷邊說：「同事偶爾會聯絡他，大多是工作時遇到問題找他救火，但兩個月前突然被拉黑名單，同事不知道哪裡得罪人了，上門來道歉，但楊政舷不在家，就這麼不了了之。」

「兩個月前也是林粼粼開始注意到騷擾的時候。」東風看著照片，總覺得很怪異。照片中人的分析資料較符合初期無法被察覺的跟蹤者形象，但他們去青年房子時，屋內並不整潔，甚至還有點髒亂，隨意放置的零食袋、粗糙套在垃圾桶的便利商店塑膠袋……都很不符合青年在報告上的形象。這麼一來，果然是兩個月前發生了什麼事，以至於楊政舷性格大變，並針對林粼粼進一步騷擾。

更別說那雙眼睛。

近距離接觸過對方，東風印象最深的還是那雙陰戾的眼睛，照片上的青年並沒有那種深沉的眼神。

另外還有比較怪異的一點，東風那時在警衛室看過掛號包裹代收狀況，十樓楊姓住戶、也就是後來確認的楊政舷，這兩個月幾乎沒什麼包裹或掛號，但他在這之前其實還滿常網路購物。

虞夏去警衛室再次核實過這點，不過很多網購用戶也喜好在超商取貨，有可能他只是改成在超商拿包裹。

這些細節情況都還待查。

「目前知道的只有這些。」虞因看資料已滑到底，微微嘆口氣。

屋內的硬碟與可能留下證據的3C用品都被帶走，這點實在很讓人頭痛，昨夜到今天，小海的小弟們盯著大樓，卻沒發現青年逃走的蛛絲馬跡，整個人就像蒸發般消失不見，相當怪異。

站在準備台另一邊幫忙削水果，東風和聿有一搭沒一搭地交換想法。

林粼粼的跟蹤事件可確認已揪到跟蹤者，姓名身分都很清楚，只要逮到人，就可釐清這段時間對林粼粼的騷擾內容。

問題在於這位跟蹤者使用的怪異手段，以及導致他性格丕變的重大事故究竟為何。

「可是他沒有朋友，也沒有家人，還是住在一樣的地方，看起來也不缺錢，這種單純的背景怎麼會犯下重大案件？」虞因聽著兩人的交談，忍不住插嘴。

「從他變本加厲騷擾林粼粼來看，很可能還是與林粼粼有關。」東風隨口回道。

「那他後來也盯上你，該不會是看臉吧？可是學妹沒整形啊，應該不是因爲整形的由愛生恨吧。」虞因很無聊地應了句，然後放下筆電，偷偷去摸貯藏夏威夷果的罐子。他最近有點迷上這種有口感的零食，聿還專程進了一些有殼的夏威夷果，剝殼讓人紓壓。

「……」想到黑羊和照片，東風就覺得很煩躁。「他注意我是因爲照片可以賣錢。」雖然不想自己講，但他打扮過後的臉比較非人類，照片價格極可能不低。

「或許不是賣錢。」聿突然開口，另外兩人轉向他。「他給了你羊，意義就不同。」

「對嘛，他房間照片那麼多，搞不好一直在篩選獵物，本來選定學妹，沒想到出了一個更漂亮的，當然就有備選了，你看羊除了顏色以外都長得一樣。」虞因趕緊跟上話題：「不然我們可以實驗看看，你再去打扮一次，說不定可以把楊政舷引誘出來，到時候就知道他是不是看臉了。」

「滾！」東風冷漠地甩給對方一個字。

「我說眞的。而且，你不是想道謝嘛，不如拿這個換？救命恩人想看一下你的新裝可以嗎～」虞因很不要臉地挾恩提條件。

東風慢慢地轉頭，看著「救命恩人」，頓時就覺得昨天應該自己去吃那刀。

啊不對！爲什麼要跟著這渾蛋的邏輯跑！根本沒有證據支持跟蹤狂看臉這件事，既然羊上面有陰咒，說不定只是想藉由他把羊帶到林粼粼身邊，加重咒文對她的影響而已。

「實驗看看就知道了，小聿你說對不對。」虞因無恥地把旁人拖下水。

聿擺放果片的手停了半秒，然後繼續把切片水果放置到烤盤裡。「沒意見。」並不是很想參與這種無聊的爭執。

最後這場「穿不穿」的爭執在一贊成、一反對、一廢票後，無疾而終。

主要是來了個他們很不想接待的訪客，卻又不得不去接待。

「眞的不能給拍嗎？」

再次來到工作室的簡兆齊眼巴巴地看著虞因在他面前砰的一聲放下茶杯，跟著一抖，閉嘴不敢亂講話了，立即直奔正事：「上次放消息說要買照片的人又重新開價了。」

「這個我們知道。」虞因在對面沙發坐下，盯著眼前的客人。

知道有人在收購照片與影片後，警方與一太、林致淵幾處都有人盯著，今早收購條件又變了，價碼提高一倍，尤其虞因和東風的價格更高，如果有拍到靈異事故的影片還可以再加錢，讓人越來越懷疑背後的人是不是由單純好奇轉爲狂熱了。

爲此虞因還感嘆了句難得他有個地方贏過聿，接著被甩了一記不屑的嗤聲。

「對對那是明面上。」簡兆齊神祕兮兮地點開手機螢幕，昨晚有個陌生人加他好友，他還沒搞懂對方從哪知道他的私帳，對方就傳來一份簡單的表格。

虞因接過手機一看，這才明白爲什麼簡兆齊要鬼鬼祟祟地跑來找他們。

表格內容是另一種價錢列表，比檯面上那些高出不少，但條件也不一樣——發布者希望他能近拍，例如他前兩天擅闖工作室那種的近距離拍攝，如果因此被抓或罰款，對方可以提供他這部分的金錢賠償，只要有拍到「東西」、尤其是虞因周邊出現的「東西」，不論用什麼手段，一切都可談，另外還要求東風那種特殊裝扮的清晰照。

針對性過於強烈。

這段話已讀沒多久就被對方刪除，只留給他一句「有東西就來談」，以及一條網頁聊天室的連結，還是簡兆齊眼明手快截圖才在第一時間留存下來。他有點入過連結，要先進行簡單的手機註冊程序，登入後是架設簡陋的文字聊天室，還沒開放使用，但一離開網頁就404無法使用了，大概要再跟對方索取新連結。

「我問了幾個認識的拍同類型影片的朋友，他們都沒收到。」簡兆齊裝模作樣地說：「大概是因爲我上次成功拍到什麼，所以才找上我。」

虞因覺得這傢伙的表情有點欠揍，還沒說什麼會客室的門就被敲了兩下，面無表情的聿走進來。「剛好，你看這個。」他把複製下來的截圖遞給對方。

聿很快地看完「報價」，沉默了幾秒，「必須要他點頭。」

「對啊，所以我說要再穿一次引誘嘛，看來還可以誘出不一樣的東西。」虞因感嘆。

「你們在說什麼啊？」簡兆齊一頭霧水。

「你有什麼目的？」虞因沒有回答問題，反問了眼前的傢伙。既然他帶著這些對話記錄跑來找他們，就表示有什麼利益想圖。

簡兆齊抓抓腦袋，厚著臉皮說：「就、我覺得發訊息的人給我的感覺不太好，你們有警方背景應該也很想把他逮出來，那可不可以合作一下，我把這些都給你們，下回你們有什麼第一手靈異故事時分我一些做素材……不用很多啦！一點點就可以了，就一點點！」

虞因下意識想拒絕，但抬起頭的瞬間突然看見黑影站在簡兆齊坐的沙發後，紅色眼睛盯著桌面上的手機，接著轉向他輕輕地點了下頭便消失。

是想要他答應？

不得不說簡兆齊這種人很滑頭，爲了訂閱數和點閱率，極可能會劍走偏鋒，從他敢擅闖工作室便可見一斑，他並不是正規守法的頻道主，與他合作八成不會太愉快，加上一開始的不好印象，虞因並不想與這種人有交集。

但仔細想想，可能就是這種人，背後收購影片照片的人才會找上他，如果是高戴凡那樣的頻道主，恐怕沒辦法接觸到。

思索著要不要同意之際，坐在一邊的聿輕敲了虞因的手臂，然後開口：「只換一次。」

虞因突然明白聿的意思，連忙說：「對，只換一次。」聿只需要那個連結，以及簡兆齊交付照片時，當場開啓的新聊天室，他就可以順著網路去追蹤後面的人。

簡兆齊也不是笨蛋，不過他想的是對方會找警察，網路警察在開啓聊天室時就會去追人了，所以的確只能賣一次。

那總比沒有好啊！

現在追「都市傳說」的人那麼多，即使只給一次，就算內容再怎麼敷衍隨便，他還是可以打著工作室和虞因本人的名號去搏眼球，況且到了他手上的照片只要留有檔案備份，後續私下要不要再轉賣還不是他可以悄悄操作的事嗎。

「聯絡我們來，你只要現場提供帳號與手機驗證。」虞因嗤了聲，斷絕眼前傢伙一些垃圾心思。「到時候影片上傳內容也必須由我們和警方確認過沒問題才可以，沒問題的話簽個合作同意書。」

簡兆齊咬牙，想著沒魚蝦也好，只能點頭。

送走讓人不怎麼愉快的頻道主，虞因檢查一輪工作室周遭監視器，都正常後才回到二樓。有「東西」出現的錄影他們沒辦法掌控，但某人的寫眞照倒是可以人爲製作，只看對方願不願意點頭。

一打開烘焙室的門，他就看見東風很生氣地蹲在陽台小花園，看來聿已經跟他講過這件事，所以方才爭執的提議變成了兩贊成一反對，並且這次師出有名，東風不是很好拒絕。

虞因突然又覺得似乎不該強迫對方去做了，他們說笑歸說笑，但眞的做了，吸引變態的風險卻集中在東風身上，這並不符合一開始想戲弄對方的本意。

「不然算了吧，我們手上也很多以前有阿飄的照片和影片，挑一段拿出來就好。」虞因走到落地窗旁，有點好笑地看著氣噗噗的東風。

「既然要試探楊政舷，那就……」東風雖然很氣，但還是知道比較好的選擇是哪種。既可查後面要交易的人，也可以試探楊政舷到底是什麼意思，那當然是他當誘餌最有效益。

再三確認東風的意願，虞因把這些事先聯繫給虞夏，然後再轉告李臨玥幫忙。

上回的服裝團隊在做造型時其實完全可以看出東風的不願意，但他們還是昧著良心想完成自己的心願，就算一輩子只有這麼一次又狠狠地得罪人，他們也認了。以至於現在接到李臨玥的電話，從老闆到設計組、造型組，再到攝影組，第一時間都呈現呆滯狀態——幸福來得太快，全體人員以爲自己沒睡醒。

大概李臨玥有說了點什麼，一群專業人士居然同意了大量不平等條約，發誓照片絕不外流等等的條件，而且深怕東風反悔，竟然用短短兩小時就收拾出一個攝影棚與團隊，通知他們隨時可過去試拍。

虞因也沒想到那服裝公司的怨念深重到如此，秉持著擇期不如撞日，早拍早抓人，立即領著兩個小的跳上小伍等人開來的僞裝用小廂型車，直奔攝影棚而去。

同個下午，李婂的案件再次有了新的進展。

□

李婂的屍體最初被發現時，可能因非常理狀況加上人爲因素，保存得還不錯，沒什麼腐敗。

這讓警方推測李婂遇害的時間離現在或許不會太久。

然而現在嚴司提出的時間是兩個月前，初步估測是兩個半月。

這還不是最讓人出乎意料的地方，一波檢測過後，他們發現黑羊上頭繪製的符咒，使用的人血赫然就是李婂的，而另外兩隻白羊使用的血液來源目前不明。

李婂和楊政舷有關係嗎？

一個是黑粉，一個是狂熱粉？

虞因心情複雜地繼續翻報告，李婂死亡前的通聯與消費記錄在這兩天差不多都已經調出來，從這部分可確定她是在林粼粼搬入後跟著搬來，大蜈蚣也是那時開始飼養，之後差不多連續半年，李婂在網路上陸續有不少怪異的消費，除了飼養大蜈蚣必要的花費外，每個月都向不同的水族網路商家購入粗鹽，以及向雜貨商家購入活性碳，依照資料上的數字，掩埋她的兩種東西竟然有一大半是她自己買進。

這就很令人匪夷所思了。

而經由這些記錄也查出李婂很可能還有個男友，或是說固定會來借宿的男性友人，部分消費明細中有些男性的拋棄式日用品，不過沒有親密行爲相關物品。只是男性用品的消費記錄出現的時間更早，約莫一年前，李婂開始網路攻擊林粼粼也差不多是同個時間，於是他們才傾向兩人可能是男女朋友關係。

對方極可能就是虞因看見的與女性影子扭打的男性人影。

警方拿楊政舨的照片詢問過警衛與周邊鄰居，很可惜並不是來找過李婂的人。

警衛們對那人印象不深，他經常是搭李婂的車直接從停車場上樓，所以只在監視畫面看過，鄰居們頂多是擦身而過，不會注意，但他們認識來幫忙維修網路或裝機的楊政舨，所以可以肯定他們不是同一人。

「該不會是楊政舨在偷窺對面時目擊殺人經過吧？」虞因轉頭詢問旁邊同樣在看報告的聿。「時間點對得上，然後楊政舨的態度才會驟變，覺得人生苦短要拚一下之類的……不過他是怎麼弄到李婂的血？難道是偷偷跑進去拿？」

想到就毛骨悚然，那種符咒對材料的要求，該不會就是要死人的血？

虞因嘆了口氣，抬頭看向被造型師包圍的東風，那邊裡一圈、外一圈的人，場面還挺壯觀的，他和聿不敢這時候去惹東風，找了角落靠牆的沙發窩著。

圍觀的不只他們，李臨玥和男友、林敉敉帶著與小海換班的女性保鑣都跑來看熱鬧了。用李臨玥的話說——萬年難得一見的奇蹟場面。

扣掉這幾個存心看熱鬧的傢伙，還有小伍帶來的便衣員警，幾人融入吵鬧的人群裡，想等等看能不能逮到楊政舨。

幫東風做造型也過去一、兩個小時，不知道完成後會是怎樣，聽著那堆人不時發出的驚呼吵鬧聲，虞因還是挺期待的。

這次談過條件，閒雜人等禁止拍攝，手機也不行，攝影師拍的照片只有老闆與幾個團隊核心設計師可以保留一套，想參與的人手機在進門前就被強制徵收，所以眾人看歸看，只能遺憾自己無手機留影，李臨玥等人也一樣，唯有虞因和聿、小伍這些警方相關人士可以留下手機使用。

又等了約莫十多分鐘，那群人終於發出了歡呼聲。

虞因之前對他們造型想像的方向沒有錯，如果有時間，設計師確實是想把東風的髮色漂淡，可惜今天時間依然不多，他們最後只能使用假髮替代，但這點可惜之處仍無法減損成品的驚人。

至少虞因覺得很驚人。

他是有猜到他們想做的造型應該是非人類，沒想到會直接出現個奇幻生物……咳，也不能說奇幻生物，是出來的效果太不像人，遠比上次的更加超過。

一身白的東風依然是中性打扮，精緻的飾品由頭裝飾到腳，原本就帶著點蒼白的皮膚又被刷白了一個色號，漂亮的五官被修飾得更為完美，加上淡金色的長髮，基本就是個可以放上專刊封面的精靈空幻風格，並且還沒有經過電腦後製，完完全全就是本體照。

「我突然理解那些變態的執著了。」虞因吐出肺腑之言。如果他是變態，別說跟蹤偷窺，佔有的心搞不好都會生出來。

聿斜一眼旁邊吃起美色的人，嘖了聲。

另外一個更吃美色的林粼粼口水和眼淚都快流下來了，如果不是忌憚那些天價的金銀寶石飾品，她可能已經黏到對方身上，三天三夜拔不下來的那種。

「真的只拍這次嗎？」完成多年心願的總設計師痛苦又快樂地看著東風。夢想中的畫面出現時，他瞬間又蹦出幾十個靈感，但想到這小孩以後不給拍，他又感到人生黑暗。「不做商業也沒關係，真的不考慮給我們做私訂模特嗎？價錢隨你開，你可以當人生體驗啊……」

後面的老闆也狂點頭，他從大學到現在每天都在妄想的心願啊啊啊啊！

「不，就只有這次。」東風冷著一張奇幻臉打碎眾人充滿期待的玻璃心，並無視那些破碎的音效。

時間寶貴，一行人吵吵鬧鬧地把東風往攝影棚拱去了。

化妝室瞬間安靜下來。

虞因稍作收拾，打算也跟過去，攝影棚那邊臨時做了幾個場景布置，應該會很有意思。

邊想著邊打開化妝室的門，猛地對上了紅眼睛與一片幽黑的人影。

「……」

還是會嚇到呢。

虞因默默地深呼吸，忍住差點往後退的腳。

可能也沒想到會差點被貼臉的黑影反而倒退了幾步，幾秒後才輕飄飄地抬起手，指向走廊另一端。

那個位置是一面牆，沿著唯一一條路拐過轉角後，是爲了優化視覺效果而特別設計的隱藏式逃生梯，遠離了攝影棚等這些現在很熱鬧的地方，顯得有點幽暗陰涼。不過這不在黑影的考量中，祂依然相當自我，指了方位後又消失不見。

「有東西？」聿順著虞因的目光往偏僻走道看，沒有猶豫太多便直接邁步走過去。

那段走道不算太長，拐過轉角時兩人先聽見了一些細微的聲響，交換了眼神後很有默契地同時緩下腳步，無聲地慢慢往門邊靠近。

安靜的空間裡傳來發訊息的聲音，接著是女性的說話聲：「我的風險也很大，如果不是我還偷藏了手機，根本拍不到！剩下的等錢到再給你。」

「說好全交。」刻意壓低的男性聲音回應道：「妳坐地漲價。」

「別當我不知道，網路在傳一個價目表，我也收到了，你買進還可以轉賣賺一手，原價翻倍不過分。」女性停頓了下，可能是與她對話的人臉色不好，她再次開口：「頂多再給你一些粼粼的照。」

聽到這邊，虞因也發現了，難怪林粼粼會被偷拍不少後台照，原來工作人員裡就有轉賣她私照的人。想想他轉向了聿，比了個要不要出去逮人的手勢。

聿點點頭，接著率先衝出去。

沒想到這時候居然有人沒跟去攝影棚湊熱鬧，樓梯間的兩人被打了個措手不及，聿眨眼間便制伏矮瘦的男人，直接把人按在地上壓制；虞因則是抓住想要逃跑女人的手臂，並發現這女人是林粼粼的熟人，剛剛還在那群吵鬧的造型團隊裡。

「麗娜？」

沒記錯的話，這不是林粼粼的同學兼好友嗎？

來攝影棚時，林粼粼還很愉快地介紹自己同學，讓人特別有印象。

現在這位同學被嚇得臉色發白，握著手機的手微顫，虞因一眼就看見上面來不及按掉的照片，是剛剛在化妝室裡、東風的相片，她可能把手機放在衣服裡面偷拍，相片兩側有黑色陰影，但拍得還算清楚。

矮瘦的男人則是穿著工作人員的背心，不過沒出現在化妝間的人群裡，很面生。聿夾起他脖子上的工作證，是另一個樓層的雜務人員。

直接逮到且人證物證俱在，虞因立刻聯絡小伍，馬上就來了兩名員警把人帶出去，沒有影響到拍攝與室內的其他人。

看著幾人下樓的背影，虞因忍不住擔心起林粼粼，如果她知道自己好友也是偷拍者，還把私照拿來轉賣，不知道會多難過。

「這是她的錯。」聿淡淡地說，一點也不可憐那名拚命向員警求饒的女性。「當她開始做這件事時，就已經不配當林粼粼的朋友。」

「我知道，擔心學妹而已。」虞因嘆口氣，雖然知道有點名氣的人很容易被這樣對待，但親眼看到還是令人不適。

「先回攝影棚吧。」

8

林粼粼聽了麗娜的事情後果然大受打擊。

這件事導致的後果就是下半場拍攝期間，東風還得全程面對一個紅眼睛吸鼻涕流眼淚、形象崩毀，還想吃他顏值振作心靈的傢伙。

原本他是打算拍幾張可以利用的照片就走人，在眼淚攻勢下，糊裡糊塗地就被一群人帶著連續拍了三套，時間從晚間一路衝到深夜，再從深夜衝到凌晨，直到現場人員在高度興奮中點燃生命之火，又把生命一次都給燒乾淨、差點集體倒下暴斃爲止。

毫無形象地躺在地上的老闆揮揮手，表示明天……今天放假，接著更多人倒在地上，宛若大型死亡現場。

不知不覺在道具沙發上睡著的虞因是被聿推醒的，一直保持清醒的聿挾著累癱的東風，後者折騰了十多個小時後完全沒精力計較換裝的事，應該說他連讓人卸妝的力氣都沒了，陷入完全昏迷狀態。

在工作人員、警衛和員警的幫忙下，除了把還有意識的人送上計程車，他們將徹底睡死的老闆和一些比較重要的人員拖進休息室或化妝間等有門鎖的空間裡反鎖，之後把躺滿人的攝影棚關好，避免發生什麼意外。

下樓時，虞因還和揹著李臨玥的程奚岳打了個招呼，青年及女保鑣會把李臨玥和林鄰鄰送回旅館，沿路有員警陪伴，小海也會在另頭接應。

虞因幾人搭著警方的小廂型車回家，小伍則是奉命到虞家借宿一晚。

拍照的這段時間，麗娜與那名收購照片的工作人員已經招供，他們受到販售照片帶來的利潤所誘，差不多一年前開始這些行爲，主要是麗娜偷拍、工作人員收購後轉賣。除了林鄰鄰，還有一些模特與明星受害，這兩天則是有人對東風幾人的照片、影片發出懸賞，麗娜賣出一點東風第一次拍攝時的照片後食髓知味，原先打算今天要提高兩倍價販售，畢竟是很難得的偷拍照，沒想到就這樣被抓個正著。

麗娜不清楚工作人員轉販售的對象有沒有楊政舷，那些買家大多匿名，而他們只要收到錢就不會多問。

「眞是太靠杯了，雖然那個姓陳和姓嚴的也很靠杯，但我覺得這種人更靠杯。」虞因邊打著哈欠，邊接過聿遞來的熱湯。

回到家時天色已經大亮，他們跟著熬了一晚的夜有點餓了，但馬上又要睡覺便沒買早餐，聿於是簡單煮了鍋暖胃的湯，順便按著東風卸妝梳洗，至少要把頭上的膠和身上的水粉弄乾淨，洗完還得把濕漉漉的人拖出來吹乾才能丟到床上。

小伍在一樓沙發留守，不過虞因想來想去總覺得有點不太安全，所以把房間讓給東風，自己則睡虞佟臥房，以免東風睡到一半有人從一樓客房窗戶闖入，或者偷拍。

雖然他卸髮妝、弄乾淨後，又重回人類的模樣了。

「我如果身邊有這種朋友，我就把他搥死。」小伍很認同虞因的說法。

幾個人就這樣隨口聊了一會兒，差不多消化後才各自去休息。

按照疲累程度，虞因覺得自己應該會瞬間昏迷，一路昏到天黑。

沒想到躺在床上睡不到一小時突然醒了，甚至還可以聽見鄰居出門上班的車聲。

莫名消失睡意的虞因盯著充滿苦難的手機，確定自己真的只睡了一小時，不是二十五個小時。身上的疲勞和痠痛感都還在，唯獨腦袋清醒得很不正常。

就這樣睜著眼十多分鐘後，他痛苦地起身，打算去拿本都是字的書來進行閱讀催眠。還沒離開床，放在手邊的手機突然閃爍了下，黑色的面板完全反白，亮起的光在幽暗的空間裡格外明顯，約莫四、五秒後立即熄滅……不，也不是熄滅，螢幕依舊有亮光，這表示畫面還是開著，只是變成黑色。

虞因拿起手機，那片黑暗晃了晃，大概是附近的感應燈打開了，照出有點眼熟的門扉。一隻左手推開門，順便抽走插在上頭的鑰匙，畫面是第一視角，看不見拍攝者，只見那隻手很仔細地關了內外門後，將鑰匙圈放到門邊鞋櫃的抽屜左側。

進屋後「他」舉起另外一隻手上的環保提袋，把裡面的手搖飲放進冰箱，接著再從冰箱裡拿出料理包放到微波爐，最後再將袋子摺好，所有流程規律到像是每天都這麼做。

接著畫面繼續移動，「他」走到小客廳，轉了轉桌面上的小盆栽，接著打開電視，上頭出現了怪異的畫面——另外一間屋子的客廳，有名中年婦人正在客廳內打掃，是大多家庭會出現的那種普通場景，甚至普通到有點枯燥。婦人長得也不特別，走在人群裡很難找出來的大眾長相。

盯著螢幕幾秒，「他」移到窗邊，調整望遠鏡的倍率，將鏡頭對準正對面的大樓，出現在望遠鏡裡的赫然就是電視螢幕中的客廳與婦人。

虞因看到這邊突然一陣毛骨悚然，電視與望遠鏡裡的動作幾乎同步，「他」的視線輪流看向兩邊，偶爾往掛在旁邊的另一支望遠鏡上頭的相機按幾下，似乎很隨意地在拍攝婦人打掃的動作，但用意不明。

隨後鏡頭轉到其他住戶，就這樣一戶戶輪過去，直到「他」想起微波爐裡還有食物，才撥了個空去把餐點拿出來，接著坐回電視螢幕前。

這次畫面跳出的人非常眼熟。

——林粼粼。

完全沒意識到自己被偷拍的女孩咬著筷子，愁眉苦臉地看向桌上的紙張，似乎在用餐時進行了會造成消化不良的思考活動。

過了一會兒，林粼粼把紙張彈開，嘴形出現了大概是「滾你媽」之類的字眼，然後將全副精神放在扒便當上，中途她的助理從裡面的房間走出，可能是在談影片之類的事，抱了個一樣的雞腿便當，兩人邊談邊用筷子指指點點，聊得很認眞。

這時「他」也有動作，畫面是朝下吃了幾口飯。

料理包其實很單調，只是個咖哩醬和白飯的搭配，剛剛開冰箱時看到裡面甚至有一疊一模一樣的組合。

以前只有虞因一個人時其實也吃過料理包，大概是國、高中那段時間，大人經常不在家，他叛逆期想把飯錢省起來花，就會買一些較廉價的料理包或泡麵充當晚餐。

說眞的，一個人獨自吃料理包，那味道或者說氣氛眞的滿無趣又讓人哀傷，有時候吃完根本沒印象吃了什麼鬼，而且怕被大人罵還要把包裝袋藏起來拿出去丟掉。

不過青少年時期對於吃什麼沒太大追求，主要是人要帥，爲了帥餓死都沒關係，當時中二的服裝買了不少，都是零用錢和飯錢堆疊出來。現在不一樣，經濟解放不說，胃被養慣了，寧願帶個餐廳飯盒也很少吃料理包，主要是聿眞的太會料理了，就算沒煮晚餐，冰箱裡預備好的東西多到熱幾個都可以好好吃一頓。

現在重溫這種畫面，突然又想起當時自己在家吃料理包的感覺了。

「論有個弟弟的重要性。」虞因感嘆了幾秒中二時光，並下了個結論，畫面上也差不多把料理包餐幾口快速吃完了，回頭把盤子拿去洗乾淨，再去拿出手搖飲。

後續的畫面便有點無聊，基本上都在偷窺居民生活和拍照中度過，不只林鄰鄰，大樓的人幾乎被拍了七、八成，這和那面牆上貼滿的照片倒是符合。

虞因在幾個鏡頭轉換間的畫面中，從一些鏡面倒影看見楊政舷的臉，幾乎沒什麼表情，這倒也不意外，獨居的話確實不太需要表情。

原本想說看看能不能在畫面裡找到點線索，但這種活像生活記錄的畫面大約持續半小時後，手機又突然變成黑色螢幕，隨後恢復成他的預設桌布，手機面板又復活了，一段影片就這樣沒頭沒尾地結束。

不知道是不是因爲看了有點長的影片，他的睡意又上來了。

濃濃的睏意覆蓋思緒的同時，虞因隱隱感覺到那半小時裡似乎有些地方不太對勁。

是哪裡呢……？

□

「這些照片好像有點怪。」

玖深歪著腦袋看著牆面排列整齊的相片。

「哪裡怪？」

「哇啊——！」被身後森冷的口氣一噴，完全沒預料有人會冒出來的玖深整個往前跑，在撞牆前險險停下，驚恐地轉頭看向身後：「老、老大你進來怎麼都沒聲音的。」差點把心肝脾肺腎都嚇出來！

虞夏看看半敞的門，挑眉。

玖深縮著頭，戰戰兢兢地往旁邊站，露出牆上新貼一輪的照片。說起來明明是他們鑑識的辦公室，為什麼他老是要在自己的工作區被嚇啊？

照片是在楊政舷家中拍攝的，包括那一大面偷窺相片牆。目前尚不知道他與李婥是什麼關係，但除了布偶裡的血以外，偷窺照裡也有好幾張李婥的生活窺視，因此在追查楊政舷的同時，亦把他列為李婥案件的重要關係人。

玖深剛剛盯著的就是楊政舷家中照片牆的幾張相片。

「貼在牆面底部的相片太整齊了。」玖深順手拿過平板，把照片牆的檔案打開。那面照片牆上相片的貼法是上下疊層的方式，底層布滿整面牆壁，一張張排列得很整齊，整齊到每張的距離大小都相同，活像用電腦輸出的壁紙。但往上疊貼的相片卻很凌亂，且大部分都集中在一般成人身高可觸碰到的地方。「風格也相差很大。」

聽友人這麼說，虞夏重新審視這些照片。

確實，看見照片牆的第一眼，他們都因大量的偷拍照而皺眉，接著視線便集中在中間那些不同女性的偷拍相片上，首先浮出來的想法就是這人四處在尋找女性獵物。

但仔細一看，會發現底層照片其實是家家戶戶的生活，並沒有拘泥女性或特定人物，說白話一點，如果拿去做成攝影集，主題百分之百會是類似「人間煙火」這樣的標題。

風格差異太大。

並且可看出貼照片的人對這些家庭照相當重視，每張間距幾乎一樣，畫面多半是溫馨的，構圖與色彩皆是百裡挑一，有的照片根本看不出是偷拍，彷彿是專程在那些親子身邊拍攝的一樣。

女性的偷拍照則否，雖然拍得也不錯，卻沒有那種認眞構圖的感覺，並且很隨意地黏貼在牆上，不但不重視底層照片，也讓人感到非常輕視那些被偷拍的女性們。

人可能會因爲心靈遭到重創或扭曲而改變對很多事物的看法，甚至從輕微潔癖逐漸變得邋遢，但長年拍攝、說不定都已形成條件反射的色彩與構圖習慣呢？

「喔對了有個新進度。」玖深滑了滑平板，找到新出爐的檢驗。「大蜈蚣的腳上和腹部有沾到血，確定一部分是死者李娟所有，另外一部分是未知男性。」

按照虞因那個可怕的熱心民眾提示，大概可以確定未知男性就是與女性扭打的凶手。

「與楊政舷的樣本做比對。」虞夏說道。

楊政舷的布偶裡出現李娟的血液，就極有可能是凶嫌，不論大樓的人有沒有看過他。監視器不是沒死角，楊政舷擁有躲避這些監視器的辦法，這點在大學那邊已經證明過。

「阿柳已經拿去和楊政舷家裡的檢體比對了。」玖深點點頭，他們也想到同樣的事，同僚們搜查楊政舷住處時帶回一些日用品與垃圾。屋主走得匆忙，垃圾袋裡還有不少來不及清理的一次性餐具，這些物件就很好地提供了一批檢體樣本，說不定結果就要出爐了。

「出來馬上告訴我。」虞夏拍拍青年的狗頭，轉身離開辦公室，往電梯方向走。

他們昨天晚間從服裝公司拿到首批照片，與那名網紅約好上午要和不明人士進行交易，網紅那邊半小時前有人出發去接了，喬裝過的他現在已到達警局。

這部分由虞佟負責，另外也同意聿可以進入現場。

虞夏摸摸下巴，猜想聿大概沒有告知虞因，他家大兒子八成還在睡覺，反正三分鐘前小伍是這樣回報。

如果不要去睡兩小時，倒是可以去看看收購照片那件事。

這麼一想，虞夏立即拋棄抽空補眠的選項，打算直接去找他哥。

「哎哎老大等等！」

後面傳來一陣跑步聲，玖深舉著手機，用一種「太好了果然人還在」的語氣開口——

「大蜈蚣上的男性血跡與楊政舷檢體相符。」

□

相片的交易比想像中還要順利。

虞佟和聿站在負責操作的員警旁看著同時連線的大螢幕，交易方確認過提供的兩張照片後，十分爽快地給了一個高價，後來簡兆齊知道時心裡都在滴血，不過目前他被請到外面去等待，所以還沒開始後悔。

警方挑出的照片甚至不是那些專業攝影師拍下的寫眞，而是採用麗娜的偷拍照，還選擇了比較模糊的兩張，模糊度加上特效彩妝的效果，讓人不會把照片模特兒與現實的東風連結在一起。

這防的當然僅限不知道模特兒身分的人，幕後購買者很清楚知道虞因三人的存在。

交易後對方極快退出網頁，下一秒頁面立即跳轉成不存在狀態。

「得到位址了。」員警回過頭報告，附加在相片的小程式也順利送過去，不出意外的話，很快就會知道誰是幕後購買相片的人。

確認都沒問題後，虞佟才出去與簡兆齊交代後續事宜，幾名員警原地解散，留下負責監看電腦的人。

聿看了看手機，家裡的人還沒睡醒，現在回家可以買些下午茶等他們起床吃。

「處理完了？」虞夏走進來，與幾名同僚打過招呼。因爲回頭去看玖深拿到的比對結果、耽擱了時間，這邊果然已經完事；而且剛在外面時還被他哥瞪了，要他抽空去睡一會兒。「我載你回去。」

聿點點頭，順便給了幾家順路可買點心的店名。

等虞夏回辦公室拿了外套和鑰匙，兩人一起往停車場取虞夏的摩托車，路上也順帶聊了幾句細碎消息。「被一太他們送進醫院的那群小混蛋聲稱不知道指使者是誰，只說小淵得罪人了，有人透過關係給他們一筆錢要讓人受個教訓。摸著找到的匯款帳戶是楊政舷所有，這傢伙有實際攻擊性啊。」

除去攻擊性，還知道林致淵的存在，看來這幾天果然也在林粼粼身邊轉，連林致淵和小混混結仇的事都挖得出來。

「但與之前的猜測不符合。」聿淡淡地說。楊政舷沒有家人朋友，也沒有女友，甚至連車禍都沒出過，不賭不嫖，存款沒有過大變動，上年度的公司健康檢查一切正常，沒有重大疾病。因此他遭到巨大打擊導致性格丕變的可能變數就縮減了，先前他們是懷疑可能透過偷窺看見對面大樓的殺人現場，現在卻覺得不可能。

楊政舷的過往讓他看起來並無反社會人格，更符合他同事所說的社交恐懼——確認身分後警方詢問他畢業的大學，得知他在學校幾乎不太主動與同學往來、說話聲音也小，屬於非常內向的類型，不過談吐溫和有禮，同學有需求時會協助幫忙，腦袋很好，擅長整理與編列文件，曾替同學解決過許多表格和籌備方面的問題，所以在同學間風評不錯。同時從同學那裡得知楊政舷平常就相當喜歡攝影，曾在拍攝家庭主題的大賽裡得過金獎，也投過幾個廠商的徵稿，成績都不錯。

同學師長對於他拍攝的照片有很統一的感想：溫馨。

這樣內向的社交恐懼者在目睹殺人現場後，突然短時間內轉變為具攻擊性且陰鬱危險的跟蹤狂，還使用怪異的宗教詛咒物品，現在更可能是李娽命案的嫌疑人，種種事項看起來都不合邏輯。

「簡直就像兩個人似地。」虞夏這兩日看著關於楊政舷的一切，越來越有這種感覺。但屋內的日常用品是楊政舷本人的無誤，也無其他人生活過的痕跡。

聿猛地煞住腳步。

虞夏這時也皺起眉。

他們到現在都找不到楊政舷的行蹤，發布通緝使用的是楊政舷同事提供的那張照片，所以警方查找各大監視器也是用這張照片作為依據。

假使真的是兩個人呢？

那麼有很多事情就會突然連結在一起，包括李婂身上的宗教痕跡與林粼粼兩人收到的怪異宗教羊布偶，大蜈蚣身上的男性血跡與楊政舷家中的檢體，監視器一直找不到的行蹤與那人出現都是包頭包尾的身影——看不見臉，是東風靠著行動姿態找出蹤跡來的，東風找人並不看臉，而是看長年形成的肢體動作，所以並不會受到照片先入爲主的干擾。

監視畫面裡的人反偵察意識非常強，不但帽子眼鏡口罩俱備，甚至外套裡還塞了東西，擾亂身材判斷，有時走路的方式還會改變，但一些細微的習慣要改不容易。

這麼一來就可發現，其實近期拍到楊政舷的監視畫面幾乎沒有一幀出現過臉，他連在自家附近的超市也是這種打扮，而更近的便利商店完全沒見到他的蹤跡——然而屋裡卻有便利商店的袋子與飯盒，顯然刻意去較遠的超商。

假使是兩個人。

「屋裡很可能從一開始住著的就不是楊政舷。」虞夏嘖了聲，意識到現在還在躲藏的傢伙比想像中還要狡猾。「或者說，近期都不是。」

假使是兩個人。

現在住在這個屋裡的「楊政舷」用著以楊政舷名義登記的手機、信用卡、提款卡等物，甚至這屋子也是其名下。

——那麼楊政舷本人呢？

「你說有沒有可能……」虞夏雖然不想這麼猜想，但如果他們的假設全都成立，那麼被取代的那個人有極大可能……並不好。

聿則是想得更多一點。

他想到跟在虞因後面那個安靜到詭異的黑影，沒有攻擊性、安靜又躲躲藏藏。

「你自己回去可以嗎？」虞夏快速在手機上輸入猜測，讓其他人盡快試試往這方向核對，並且找這半年內有可能留存的監視畫面。

人是在半年前辭職，偷窺狂是在這兩個月被發現變得激進，時間點與李婂命案也差不多，如果楊政舷真的被取代，最大的可能就是在這個範圍。

「可以。」聿同樣先把這消息傳給其他人，包括李臨玥和林致淵等人。

如果楊政舷不是那人，那麼他們所知的模樣其實是失效的，「跟蹤狂」還在，很可能就在附近。

連串文字發出去後，沒多久就收到李臨玥的回覆。

林鄰鄰失蹤了。

□

聿和後來被喊醒的東風用最快速度重新排查了可疑的粉絲名單。

有了楊政舷家的網路位址後，他們比對幾個帳號，並把這些帳號與李婂的互動交互檢查。

最後得出五個帳號——一個在兩個月前停止使用，與李婂無交集，但曾按讚過林粼粼的美食分享、沒有留言；另外四個在兩個月前開始在同ＩＰ位址登入，其中兩個帳號按讚過李婂的生活分享。

四個帳號再深入追查，最後找出了藏在後面的主帳號。

李婂的帳號一年前開始抹黑怒斥林粼粼，那四個帳號則是一年多前開始稱讚林粼粼，而在林粼粼之前，這些帳號迷上的是另一位歌唱偶像，當時使用的帳號更多，高達二十多個，近乎痴迷。這些帳號長期在偶像的粉絲專頁留下讚美話語，只要遇到詆毀偶像的人，就會抓狂一般攻幹對方，還會進行騷擾，那名偶像走的是清純少女路線，與林粼粼有三分相似。

這位偶像前兩年也有被偷窺跟蹤的困擾，報警抓了兩名闖入屋內的狂粉後便暫時解除困境，不過也受到那兩人的報復，竟然被曝光偷拍的洗浴裸照，目前還在打官司。

事件爆發後，二十多個支持的帳號一夕消失。

同時操控四個帳號的使用者叫作王啓明。

東風一眼就認出照片上那雙讓人惡感很重的眼睛。

最讓人意外的是，王啓明竟然與楊政舷長得有三、四分相像，尤其眼形幾乎一樣，只要帽子和眼鏡略微遮掩，確實很難分清，並且他倆身高體型差不多，不說的話，還會以爲兩人有血緣關係。

王啓明的個人頁面可就太符合這兩個月跟蹤狂的形象了，自大狂傲不說，還經常發表一些看似很聰明的討論性文章，其中一篇文搭配的相片露出一部分古怪宗教符咒，文中聲稱是遇到個大師教了他兩招，他練習寫著玩。

這些寫著玩的照片上繪製的紋路與羊布偶裡的陰靈符咒太像了，至少東風覺得部分筆畫和一些細微的繪寫習慣相同，仔細一看，還對得上李婂屍體上符咒的筆跡。

接著再把照片拿去詢問案發大樓的鄰居與警衛，得到這就是來找李婂的男性這樣的證詞。

事情至此，幾乎有八成把握可以確定王啓明就是他們要抓的人，不論是林粼粼的跟蹤事件，或是李婂的命案嫌犯。

警方循線去王啓明住處搜捕，同時也在尋找林粼粼的下落。

上午時分，林鄰鄰一如往常去了學校，在小海女性手下的陪伴下順利地結束早上的課程，中午和林致淵等人在校外餐廳用餐。

離開餐廳前，林鄰鄰接了通電話，隨後說要上廁所，因爲是家用型的單間廁所，小海的女性手下在外面等待，沒想到林鄰鄰就失蹤了，打開廁所門一看，上方的透氣窗是開著的，人已經不見。那扇窗連接的是後巷，正好是監視器拍攝死角，無法得知少女的去向。

虞因按著額頭，有點自責，他不清楚睡前看到的影片是不是要提醒他們，畢竟裡頭刻意露出了林鄰鄰的畫面，說不定當時花個幾秒時間提醒，對方就可以避過？

一個馬克杯放在他面前。

「不要想太多。」聿看了眼明顯又把莫須有的過錯往身上攬的某人，慢慢地轉身，把飲料分給小伍和東風。

林鄰鄰失蹤的位置是在學校附近，如果對方沒有選擇偏僻的山路，那麼不自然地帶著一名女性的行動將會很顯眼。

虞因知道對方的意思，有點喪氣地拿過馬克杯。

就在這個時候，他放在腿上的手機像抽筋一樣顫抖了幾下。反射性將手機翻過來，只見黑色的螢幕底上有個大大明亮黃色的箭頭，尖端的方向指往大門。

「……有客人，我去外面。」虞因朝聿比了個手勢，讓後者知道是另一種存在的訪客。

走出大門，果然在庭院看見那道黑影。

得知跟蹤狂是王啓明，且楊政舷有極大可能遇害後，虞因對黑影感到心情複雜，因爲他和聿想的一樣，加上看了那段第一人視角的生活影片，他百分之百可以確認這是楊政舷。

「祢……」腦袋裡想了幾種開口的方式，最後他還是決定直接詢問：「祢是楊政舷嗎？」

黑影抖了下，不知道是回應他的問句還是反駁。

「警方已經查到祢屋子住的人很可能是一個叫作王啓明的人，祢認識嗎？」虞因試探性地二度發問，這次黑影幾秒後才給了遲緩的反應，是一個搖頭的動作。

「祢認識李娳嗎？」

這次的反應比較奇怪，是先點頭再搖頭。

「祢認識她但她不認識祢？」

點頭。

虞因思考這大概是因爲楊政舷偷窺了李娳的生活，對她有基本認識，而李娳不知道。

「祢帶我們找到了李娳，找到了祢的屋子，那祢可以帶我們去找『祢』嗎？」要知道這黑影究竟是不是楊政舷，或者楊政舷發生了什麼事，最快就是找到他「本人」。

黑影突然發出一聲詭異的嘶鳴，向來沒什麼反應的紅色眼睛出現了猙獰情緒，整個影子抖得很厲害，輪廓也變得模糊不清，好像受到什麼阻礙一樣。

猛地想起李婂屍體上的宗教布置，虞因連忙說：「不行也沒關係！」大不了就是警方逮到王啓明後多花點工夫從他嘴巴裡問出下落。

然而這些話沒有讓黑影狀態變得比較好，影子幾秒後逐漸變淡，很快地消失在空氣中，連來意都還來不及告知。

「……」

就很尷尬。

虞因無奈地等了一會兒，還是沒見到黑影再次出現，只能放棄等待先回屋內，沒想到一轉身就看到全身是血、腦袋凹了一處的女人站在自己身後，因爲沒有預警，加上最近看見的都是比較溫和的黑影和各種影子，沒心理準備的他直接被嚇了往後倒退好幾步。

雖然有半張臉被撞凹並滿布血污，不過依舊可以看得出來這是李婂。

可能是因爲屍體身上的那些符咒被取掉，李婂比起上次的影子模樣清楚了許多，就是過度清晰了讓人有點不適。

李婂與王啓明對於林粼粼的態度完全相反，一個是抹黑，一個是讚美，攻擊的文字指向林粼粼不潔身自好，兩人如果是男女朋友，或是曖昧關係，可理解是李婂對於林粼粼的遷怒或嫉妒。

不過這並不代表李婂所做的事情可以一筆勾銷，即使她死了。

「有事嗎？」虞因拍拍胸口，平復了下被嚇的心，然後問道。

李婂看了他一眼，開始往外面走。

虞因下意識跟上去，並打開庭院鐵門，只見染血的背影已經出現在街道的另外一端。一腳踏出鐵門的同時，他突然被人用力扯了下，拉回庭院裡。

「小心。」聿鬆開手，看看門外，並沒有異狀。

「李婂出現了。」虞因快速描述剛剛發生的事，再往門外看時，李婂已消失無蹤。

不急嗎？

根據以往的經驗，很急的都會直接把他拽走。

聿聽完敘述，直接抬手給他噴了一記──周大師的淨水噴霧補貨已經到了，還大方地給他們裝滿五百c.c.，讓他們自行分裝。

虞因不得不懷疑大師把人家寺裡的庫存都挖了，每天聽佛經的露水有這麼多嗎？

噴完淨水後虞因整個人清醒許多，這時才發現原來剛剛在院子裡是有點茫的狀態，自己竟然沒察覺。

「小心。」聿重複了一次剛剛的話。

「好，謝謝。」虞因抹了抹臉。

朝向庭院的窗戶被打開，東風對他們兩個揮了揮手。

「找到林鄰鄰了。」

林粼粼並沒有被帶走太遠。

從餐廳被架走後，果然有路人在偏僻的巷內注意到行蹤詭異的男子推著動作僵硬的女孩上小轎車，周邊學生居多，當下立即有人報警，學生們也很快組人追上車輛。

意識到自己形跡敗露，男人被追逐之下，最後轎車失控撞上分隔島，路人一擁而上才發現駕駛早就逃逸，只剩下面色蒼白的林粼粼在後座。

但讓現場人員譁然的還有後座的幾根骨頭，雖然後來確認是大型動物所有，然而這些骨頭看樣子並沒有經過處理，是長時間自然腐敗而成，車內瀰漫著一股惡臭，一開門就熏吐了幾個人，場面實在駭人，更別說與這些骨頭關在一起的林粼粼。

「學妹精神狀態還好嗎？」

虞因接到虞夏和李臨玥的通知後，雖然鬆了口氣，但對於少女眼下的狀況相當憂心。

「還好，要不然你們來一趟？」李臨玥在電話中說道：「她說上廁所上到一半時突然有人爬進來，還用刀抵住她，她不敢大聲叫才被架出去。到剛剛人都還在哭，不過比發現時好多了，但情緒仍然不穩，她父母正趕過來。」

掛掉通話，虞因想了想，覺得還是走一趟去看看狀況，順便帶點食物給學妹。

「一起去。」聿站起身，轉身回去取服裝公司給他們的衣服，稍微打扮了下。

看到聿的動作，虞因立即意識到他的體貼，然後望向小伍和東風——學妹遭到重大打擊，不給破例吸一下顏嗎？

「等等，我不算吧！」小伍連忙搖頭，很有求生欲地想置身事外，他是有女朋友的人！不能去賣不存在的美色！

「小伍哥你可以相信我。」虞因上下掃視體格不錯的員警，勉勉強強可以走個休閒風，把頭髮抓一抓就好了。

「等等等等——有話好好說——！」感受到性命壓力的小伍轉身就逃。

東風看著兩個在屋裡跑起來的智障，嘆了口氣，去那一袋袋打包過來的衣物裡翻找比較正常點的外出裝。

最後小伍還是被追上，不得不哭喪著臉接受自己的新髮型。

大費周章一番後的結果還算不錯，至少到旅館、林鄰鄰見到他們時，從原本受害的驚恐情緒變成有一點點的驚喜。

接著她除了抱李臨玥的腰埋胸以外，就是抱著東風的手臂……主要是沒膽抱腰，激動的情緒慢慢穩定下來後，才好好地把在車上看見的事情告知警方。

「他的車上很臭。」

看著桌面上王啓明的照片，林粼粼又瑟縮成了一小團，用力抓著李臨玥和東風的手臂，把自己塞在兩人中間，努力汲取安全感。「……一直在播放很像唸經的音樂……好像不是佛經……不知道是什麼的經文……」

在周邊友人的鼓勵下，她閉了閉眼，有點喪氣地發現她還眞聽不懂那是什麼經文，和她阿嬤常唸的差太多，只記得幾句重複的發音。

「妳直接說。」東風和聿交換了一眼，女孩很彆扭地模仿著唸了一段怪腔怪調的經文，聿微微皺眉，但沒有打斷。

以爲他們也聽不懂，林粼粼繼續描述她的驚悚之旅：「那個人說……他注意我很久了……他愛我，我們是命中註定的一對……『上一個』很糟、是假的，魔鬼用來蒙騙他付出眞愛的僞造物，如果不是因爲時間不夠，他就宰了那個賤女人……幸好我和他想的一樣，我是眞的，神母終於讓他找到我，時間將近，我們將舉辦盛大的祭禮，被選上者都將參加這場盛宴，之後我和他會永遠在一起。」

「我是『被選上的眞愛之物』。」林粼粼對這句話感到很噁心，不過還是要把聽到的話全說完。

「眞愛之物？」虞因大概懂這意思，王啓明是林粼粼的瘋粉，覺得她是眞愛，但前面那個被選上是什麼意思？

員警取得全部資料後，爲了不讓林粼粼感到太大壓力，很快就離開，只留下一些人手在外面守著。畢竟王啓明涉及命案，現在又在明知會被抓的狀況下冒險強行帶走林粼粼，有很大機率他不會放棄，會再用其他方式出現。

「妳先好好休息。」東風拍拍林粼粼的腦袋，站起身，和虞因等人一起離開房間。

外面小伍正在等他們。

「老大帶人搜查王啓明的住處。」

小伍打開手機，把照片轉給三人看。

王啓明的住處並不遠，越過上次虞因兩人經過的巷子後，只要再走一段就會到達。他名下沒有房產，只租了一間五十多年的老屋，聯繫上屋主過來幫忙打開鐵捲門和房門後，出現在警方面前的是個充滿惡臭的大廳，屋內所有門窗都被封住，正中央擺著張桌子，桌面上畫著奇怪的咒陣，外圍間隔一致地擺著沒點燃的蠟燭，陣心則擱著腐爛的羊頭骨，濃烈的臭味就從這東西散發出來，還有許多蛆蟲從那東西往外鑽動，桌面、桌下爬得到處都是。

當場就有員警跑出去吐了，這畫面對他們這些常見屍體的人來說不算嚇人，但加上味道就真的驚人。

就連只看著照片的虞因都覺得自己好像可以嗅到恐怖的惡臭。

大廳左側有座木櫃，上頭擺了一排眼熟的白羊布偶，有些被肢解得七零八落、丟在一邊，布料上繪著那種陰靈使的咒文。

再下一張照片是後方的廚房餐廳，那裡擺了幾個火盆，一堆被砸爛的硬碟塞在火盆裡。這些殘骸中，還有大量紙類灰燼，看樣子原本是書冊一類的物品，數量之多，多到旁邊甚至打包了好幾個大黑垃圾袋，一、兩個還沒裝滿的開口裡，全是紙灰。

「林粼粼聽到的不是佛經。」聿淡漠地開口：「『把摯愛交給神母、把摯愛獻給神母』。」林粼粼仿唸的大致是這兩句。

「怎麼有點奇怪的宗教洗腦走向。」虞因想到那一車骨頭，覺得不妙。

「咦？」收到新訊息的小伍收回手機，看完後發出詫異的聲音：「找到屍體了，你們看。」

在王啓明的租屋浴室內找到了男性屍體，同樣塞在浴缸，同樣堆滿了粗鹽與活性碳，屍體臉朝下，手腳被登山繩綑綁，隱約可看見上頭有符咒。

若無意外，這很可能才是眞正的楊政舷。

現場員警傳了一小段影片給小伍，法醫與檢察官到場後，男屍被起出，與李娟不同，這具男屍受損狀況嚴重，生前遭受極不人道的虐待，肉眼可見的皮膚上全是大大小小的傷口，指甲也剩不到幾片，屍體嘴裡塞著一團已經發黑的符紙，面目全非到幾乎看不出他的眞面目。

可能是過於慘烈，在取證拍攝過後，有人好心地把繩索上已沾滿屍液的符咒挑開，並在屋外插了香和燒冥紙。

影片到此結束。

虞因轉過頭，看見站在角落的黑影。

原本迷霧般的影子慢慢褪去上頭的黑，一點一滴出現人類的輪廓與五官，屬於楊政舷的面孔有點迷茫，大概一時之間不曉得該做何反應，竟然就呆站在原地和虞因對望。

直到現在祂還是沒有露出怨恨等等的負面情緒，一如祂摸索著來到工作室那時。

這人內向社恐到死了都沒想過去報復，連找幫手都安靜地縮在身後等人發現祂。

「放心，會給祢一個結果。」虞因對著角落說道。

周邊的人看不見有什麼，但沒人打斷，小伍甚至還想著幸好玖深不在這裡，否則八成會直接從旅館樓梯滾下去。

楊政舷小心翼翼地點了頭，抬起手做了一個好像在撥動什麼的動作，最後整個人影消失在黑暗中。

「走了。」虞因嘆口氣，告知其他人：「死者就是楊政舷。」

雖然這麼說，還是要走正式驗屍流程，總不可能報告上寫著熱心民眾看到了楊政舷的飄體，就證明屍體爲楊政舷。

至此，李婂案與楊政舷案併案，加上一連串的跟蹤騷擾，當日下午各大媒體皆公布了王啓明的照片，開始全面追緝在逃凶嫌。

「對了，小聿你怎麼知道那兩句佛經……啊不不是佛經，那兩句東西的意思？」

在等小伍開小廂型車過來之際，虞因突然想起這事。

「上次黑白羊裡的符咒出來後，聿就去問了那位民俗專家是東南亞哪處的文字。」站在一旁的東風懶洋洋地打了個哈欠。「然後好像向網路認識的學者請教了當地的語言系統，學了一遍。」

……那不就是這兩天的事情嗎？

虞因看著站在旁邊一臉冷漠的聿，又開始冒出那種看見天才的雞皮疙瘩。

「沒有基礎，硬記的形音字，很快就會忘記大半。」聿是強迫性地快速記住語言系統，如果接下來沒有加以鞏固又不常用，大概就會慢慢淡化在記憶角落。

幸運的是，那地區使用的官方語言他以前讀過，雖然結構有異，但部分可以套用，減少了硬背的難度。

「那也很可怕好嗎。」虞因搓搓手臂。

東風這方面的技能沒那麼強，倒是有點認同虞因的話。

小伍很快把車開過來，三人上車時正好收到群組訊息，虞夏把王啓明車上的音樂傳過來，就是林粼粼說的那首歌，點開一聽，果然有點像宗教吟唱，刻意拖慢的語速在不懂這語言的人聽起來相當怪異。

聿把歌傳給他那名網友，很快地與對方用訊息聊了起來。

看著聿專心地跟未知的學術圈網友互動，虞因覺得果然還是小看了聿的交友能力，他老以爲對方不善交際、朋友稀少，現在看看連個網友聿都可以很放心地把手上的資料交給他，並且第一時間讓人幫忙翻譯，想來應該認識不短時間了。

……但怎麼覺得有點嫉妒呢，竟然交了朋友沒告訴他！

突然想起以前有個類似情況的方苡薰。

弟弟長大了，翅膀硬了，眞令人難過。

一邊的東風讓小伍先把車開到工作室，他有東西要去拿。

小廂型車抵達工作室時，那首歌的簡易翻譯正好完成，幾人一邊開工作室的鎖，一邊聽聿把翻譯唸出來：

神母在上，

我們愛您，您擁有無邊神力，

我們熱烈地敬愛您，

我得到了世上最純潔的摯愛，

把摯愛交給神母，把摯愛獻給神母。

奉獻羊的頭顱，奉獻純潔的摯愛，

我們敬愛的神母將會，

接受純潔的人，接受純潔的靈魂，
在神的居所洗滌污穢。
重新縫合軀體，
神母將賦予煥然一新的摯愛予我們，
擁有一生一世不會改變之愛，
那麼，將會得到神母的永恆祝福。

雖然聿偏低的嗓音唸起來挺好聽的，但依然無法掩蓋詞語內容的不對勁。

「聽起來似乎是情歌。」東風頓了頓，說道：「但是有把愛人作爲祭品的意思。」

「啊，所以王啓明家裡才有羊的頭。」小伍則是在意詞句裡提到的羊頭顱。

「……這裡面是不是把愛人殺了一次？」虞因以前聽多了恐怖歌謠，無法忽略「縫合軀體」這句。

「歌裡面的人極度信奉神母，因此他得到他認爲的摯愛。」爲了解釋歌詞，聿的話不得不多了起來，同時拿著手機將歌詞內容和臨時討論出來的簡單含意傳給虞夏。「這裡的『摯愛』有可能不是戀人，他把純潔的摯愛和羊一起獻給神母，等同羊與摯愛其實是一體的祭品。神母會把純潔的祭品帶去清洗，最後再把祭品重新縫合起來……羊只有頭顱，所以祭品是拆分的狀態再重組。最後將完成的『摯愛』返還給獻祭的人，經過神母的『加持』與『祝福』，最後獻祭者就會得到一個永遠愛他的人。」

「媽啊……」小伍感到驚悚。「這是恐怖情歌吧！」

「神母的訂製情人業務啊。」虞因結論。「她不愛我，我把她剁了獻給萬能的天神，然後神接受祭品，重組了個完美情人給忠誠的信徒。」

雖然聽起來頗欠揍，但聿覺得很符合他想表達的意思，所以把這句話傳給幫忙翻譯的網友，很快就收到對方一句「對對對，類似這樣」。

「好邪教啊。」小伍感覺這就是恐怖情人和恐怖情人的邪神。聽起來很讓人匪夷所思，但王啓明很大機率就是找了這個邪神在進行不科學的怪異活動。

東風打了招呼先去拿東西，留在工作室大廳的幾人紛紛把歌詞又細思了一遍，越想越覺得邪門。

「但王啓明到底哪裡搞來這些東西，留在李娟屍體上的又是另外的宗教咒文啊。」虞因嘖了聲，越講越覺得詭異，重點是這人弄來的一部分玩意如果不是他寫錯，說不定還眞的有某些肉眼看不見的效果。

畢竟那人可是在奇怪的狀態下逮到他和東風，還給了他們一刀。

說到屍體上的符文，他突然想起楊政舷最後的奇怪動作，有點眼熟，好像在撥弄什麼東西。

下意識地跟著做了那個動作，虞因猛地知道是什麼意思了，於是連忙撥了通電話給虞夏：「二爸，你們搜查楊政舷家時有沒有看到一個盆栽？小小的……對對巴掌大小那種。」

電話那端給他一個肯定的答案。

楊政舷家被寄居之後，生活用品遭汰換一輪，才會在採證時採到王啓明的，但小盆栽意外地竟然沒被丟掉，可能是現代人多少會想在家裡種點綠色植物的緣故，王啓明把小盆栽放到洗衣間旁的陽台，看起來不太照顧，原本長得很好的小盆栽現在要死不活的，只剩下一、兩片黃綠色葉子。

虞因覺得楊政舷會給這個提示肯定有祂的理由，請虞夏幫忙把盆栽送去檢驗試試。

掛掉通話後，虞因看看時間，覺得大家這樣跑來跑去也很累，乾脆到附近的餐廳好好吃一頓再回家。

想到這邊便招呼了小伍和聿，喊了幾次東風都沒有回應，虞因上樓去叫人，上樓時發現東風看著工作台上的雕塑在發呆。「怎麼了？」他走過去，見桌上擺的是幾張照片，就是那三隻羊布偶與內裡咒文的放大特寫。

東風把咒文的照片翻過蓋上。「沒，只是覺得疑惑，王啓明明顯是林粼粼的狂粉，痴迷到連這種旁門左道都相信。那首吟唱也說了把他所愛像羊一樣獻祭給母神，羊偶裡的咒文很高機率是爲了完成這些所使用的手段，這過程他連續殺害兩個人都不在意，雖然下殺手的原因還不明朗；但這種人顯然不會是三心二意的顏控。」也就是說，先前虞因他們開玩笑說要讓他去拍照釣出人的做法八成是行不通的，雖然誤打誤撞釣出了其他東西。「這麼一來，他把黑羊放在我身上就有點奇怪。」

他不是被挑選的摯愛，也不是王啓明要獻給神母的訂製情人。

按照陰靈使咒文的作用去思考，黑羊之於他應該是另外一種表現與作用。

「……眞的『羊』嗎？」虞因眼皮跳了跳，然後甩甩頭。「沒吧，他自己住處都放羊頭了，這不是說明他沒有要用人當祭品嗎。」

「只是說有這種可能性，王啓明家裡放置的都是白羊布偶，讓我有點在意……又或者是祭品的區別呢？」東風整理好照片，放進工作台的抽屜裡，轉身拿起擱置在旁邊的提袋，裡面是一些客戶委託的參考資料。「走吧。」

虞因照例把二樓的門窗都巡視一遍，才跟在東風身後下樓。「不管如何，現在警方已在搜索王啓明，很快就能逮到人了，他想要幹什麼都不行。」

「嗯。」

東風想了想，覺得也沒錯，點頭。

□

楊政舷那個小盆栽很快就被查出線索。

其實根本不用到鑑識們手上，虞夏的手下把盆栽裝進證物袋要帶回局裡時，袋子在車裡沒放好掉落到腳踏墊，沒想到植物連著土直接一團滾出了盆栽，正好露出貼在底部的東西——一張記憶卡。

記憶卡裡的檔案相當單純，只有一段影片。

王啓明與李婂在屋內起爭執，他直接抓住女人行凶的過程。

因爲拍攝的距離有點遠，沒法錄到聲音，不過楊政舷的設備很好，拍下來的畫面非常清楚，可惜只限於客廳，李婂被拖進浴室後的畫面無法拍到，然而光是這樣已足夠釘死王啓明就是殺害李婂的凶手。

針對王啓明的起底也快速進行中，包括破解李婂的網路帳號後暴露出的兩人關係。雖然沒有手機與電腦，但記錄在帳號裡的部分聊天依然可勾勒出雙方往來的狀況。

兩人是在一個祕術交流聊天室裡認識，細聊之後才發現他們實際上住得挺近，所以經常約出來吃飯和深度交流那些奇奇怪怪的東西。

由李婂的個人訊息透出，她認爲她與王啓明正在曖昧，對方也沒否認，而且兩人有共同的愛好——直到她發現王啓明痴迷上林粼粼。

李婂覺得林粼粼就像某些人講的一樣就是個狐狸精，整天裝純潔釣男人，誰都知道這種網紅模特兒一部分人會以身體做另外一種服務，沒想到搶男人還搶到她這裡來。

於是她開始針對林粼粼，並嘗試把一些詛咒用在她身上，或者花錢找一些大師幫她咒人，但效果不彰，後來意外發現男友不知從哪弄到林粼粼住處的地址，她想起自己在那邊也有房子，正好可以就近下咒。

爲此她還買來一隻大蜈蚣，按照她從某位大師那裡取得的方法，打算把蜈蚣養滿時間，在上面下詛咒，然後悄悄放入林粼粼家中，讓她爛臉、從此無法安寧，沒辦法再繼續到處勾引男人。

沒想到因爲這件事，王啓明和她吵了很多次架，她越來越認爲林粼粼絕對是要來害他們的冤孽，必須早早除害，以絕後患。

這些記錄和對話或多或少都有缺，可能李娟也有意識到自己在犯罪，爲了不留下太多跡證或是怕被盜帳號，她和王啓明或者那些交流詛咒的網友幾乎不互稱名字，而是使用看不出是誰的暱稱，如果是聊一些重要咒文，也會很快刪除。

偏偏就是這些刻意作爲，在她死後讓警方花了一番工夫才查找到可能的疑犯。

兩人對話裡偶爾也會有王啓明要她幫忙買些粗鹽和活性碳的句子，每次數量都不多，一直堆在她家裡，不過粗鹽有淨化去邪之用，兩人時常在研究那些宗教手法，所以李娟並沒有想太多，只覺得王啓明大概要清潔一批「法器」，才先把東西囤起來。

誰知道這些東西最後全用在她身上。

「人眞的不能做壞事。」

感嘆地聽著虞因帶來的消息，來旅館聚餐的林致淵叉著鹹酥雞，倒是沒有爲李娟的死露出太多同情。

最大的苦主林粼粼表示嚇傻，需要抱抱安慰，然後就埋入李臨玥的懷裡。

「似乎有人在幫忙藏匿王啓明，所以圈圈這幾天還是跟大家在一起比較安全。」虞因也是過來提醒，警方雖然追查到王啓明的行蹤，但沒多久又突然斷了，顯然是受到幫助。

「我爸媽已經把這樓的房間都訂下來了！」林粼粼吐出財大氣粗的話。金主爸媽衝上來第一件事就是靠關係把這層樓全訂了，不讓不相干人士出現在這裡，接著前後左右的房間裡外加走廊，都塞了保鑣，加上警方人員，基本上可肯定如果王啓明眞的不長眼睛又跑來，就會直接進籠子。

就連虞因他們剛剛提一大袋炸物燒烤過來，都被裡裡外外搜身過呢，徹底感受到金錢的力量。

「安啦，他要是敢來，老娘就讓他從窗戶下去。」小海戳著米血，嘖了聲。

前兩天她的手下因爲洗手間那邊的疏忽，沒發現林粼粼被帶走，這種事讓她很內疚，主動把林粼粼父母給的費用退回去，但兩位長輩覺得不能算是那位女保鑣的錯誤，誰知道王啓明會這麼變態凶殘，所以不讓小海退，於是作爲彌補，現在基本上全天候都是小海本人守在林粼粼旁邊。

「對了，後來那個購買照片的事情如何了？」林致淵發現網上一些有價求照和肉搜的留言被撤了，認識的幾個朋友也說高價收購的人好像被不明勢力捶了，不少主播都在警告付錢買照的小心點。

「摸過去是個無聊的富二代，本來還很囂張地說買個照片又沒什麼，被他看上是好事之類的，後來找了點關係幫忙。」

其實這事後續不算太好，會找到富二代除了當時的ＩＰ位址外，就是這傢伙照片到手後還放到了他們小圈子裡炫耀，照片被外流到網路上，引起一些猜測討論。

幸好當時提供的照片本就模糊，加上造型過於非人，看過的人大多認爲是修圖或特效化妝。當初挑這兩張的用意確實發揮效果，與眞人有所差異，大多數的人都不相信是本人，應該一段時間後就會被眾人遺忘。

虞因看了眼很小口在啃著炸米糕的東風。所謂的找關係其實就是拜託一太幫忙，以及他家大爸、二爸打了幾通電話出去，後來富二代接到電話才改口，說會撤價目表，也會叫朋友們把外流的相片都撤掉，不再主動去收購，不過不保證其他人會不會照做。

網路就是這樣，擋了一個還有下一個。

一群人吃吃喝喝過後，各自散去，該工作的工作，該辦事的辦事。

幾天下來聿的手傷好了點，至少短程開車沒太大問題，於是今天就這樣重新上路。

下午預計開工作室，把累積多天的工作趕一趕，還有不少信件要回覆，路上還要去拿聿之前向店家訂好的堅果。

「要不要順便去買個豐仁冰吃啊。」看地址好像就在冰店附近，虞因順口問道。

「都可以。」東風看著車窗外，剛吃飽處於對其他食物還沒興趣的階段。

沒多久車就到店家附近，聿把車停在對面公有停車場，因爲東西比較多，東風讓他們兩個一起下去搬比較快。

「那你自己在車上要鎖好喔，不認識的人不要亂開。」把車鑰匙遞給東風，虞因認眞再三交代。「就兩箱東西，我們去搬一下很快就回。」

在對方的視線下，東風乖乖地把車門全鎖好，總算讓兩人過馬路去領箱子。

看他們不會那麼快回來，留在車裡的人按了按車遙控，將車門鎖重新打開，正想從背包裡把小噴霧罐放到身邊不明顯位置時，腳邊突然踢到有點堅硬的東西，彎腰一看，是上次借來的單肩包，事情太多都忘記要把槓片還人了。

東風把肩包提起，同時旁邊的車門被打開，一把尖刀伸到他頸邊，在蒼白的皮膚上劃出一道淺淺的傷口。

「坐到前面。」

戴著黑色口罩與鴨舌帽的男人背著光，陰沉的眼睛盯著人。「馬上。」

抱著肩包，東風依言坐到副駕駛座，男人從他手裡拿走車鑰匙和手機，立即發動車輛。

「一起走一趟吧。」

王啓明冷冷地笑了聲。

□

「你還眞鎭定。」

開走車輛幾分鐘後，王啓明雖然手仍持刀，不過倒是對旁邊的乘客刮目相看。上次帶走林粼粼時，少女可是受到極大驚嚇，連他的表白都沒聽完，讓他很生氣。

男人邊開著車，邊打量青年那張臉，用刀尖在五官上比劃了幾下。「果然有差別，沒化妝時好看，眞不知道那些人在瘋什麼。」

「怕自己的錢少了？」東風用手指抹了下脖子，傷口雖小，但還是流了不少血，脖子和沾血的地方都癢癢的。

「你知道什麼？」沒想到會得到這個回應，王啓明挑起眉，雖然這表情被遮掩在帽下，不是很明顯。

「你對林粼粼起色心是多久以前了？」沒有回答問題，東風反而提問，但不等對方開口，又繼續說道：「一年？一年又幾個月？在你發現上一個你痴迷的偶像其實沒你想的純潔之後，才找上外型很類似的林粼粼，繼續妄想。」

「什麼妄想！我支持她那麼久，是她說她會永遠愛我……」

「會永遠愛你們吧。」東風打斷對方的話：「『感謝粉絲們的支持，我永遠愛你們。』林粼粼所有的影片裡至少有三成都講過這句話，你只是幾十萬人裡面的一個。」

「不，你錯了，她當面說過愛我。」王啓明不爲所動地回答：「我本來以爲上一個是我的眞命天女……沒想到我搞錯人了，一切都是那邪惡女人的陰謀，神母後來讓我看清眞相，那只是魔鬼用來迷惑我的替身，林粼粼才是眞正屬於我的女人。她每個笑和眼神都是對著我，我爲她花了那麼多錢了，她一定明白我的心意，她只是被這個世界的表像迷惑了。」

停了幾秒紅燈，王啓明說：「所以我稟報神母，神母也同意洗掉這世界的污穢，讓粼粼想起我們才是命裡註定的一對，早在三輩子前就已經在神母面前發誓會生生世世在一起。」

「神母說的？」不知道爲什麼就是非常想吐槽，於是東風也這樣做了：「你神母這麼神的話，怎麼沒讓你們出生時直接鎖死在一起，這樣還得手加工，是吃飽沒事幹天天幫信徒縫人皮嗎。」

王啓明並沒有被激怒，他只用一種怪異的視線看了東風幾眼，彷彿在看無知的世俗之人，甚至還有幾分憐憫。「我知道你想惹毛我，神母指示過你們這些人不信神，所以你們感受不到愛，也不明白粼粼和我的情緣，我可以原諒你們想拆散我們，畢竟你們身邊都有魔鬼在耳語，不像我們擁有神的真言。神母同意要祝福我們永遠在一起，只要粼粼一起請求神母，她就能夠得到神母的賞賜。」

「在得到賞賜前，你還要先把你的愛分屍，像那隻羊。」東風覺得這種人簡直走火入魔，多講也沒屁用。「被你愛上的人眞倒楣。」

「你不懂，不敬神母的人是理解不了神母對我們的愛。」王啓明非常虔誠地唸誦那首獻祭歌。

「可能是因爲你的神母不太純潔，愛的人過多。」東風脖子一痛，又被劃一刀。

「跟我嘴砲沒用，不過沒關係，很快你就能聽見神母的聲音，只要把你交到那人手上，警察什麼的就可以滾了，你也會找到神給你的贈予。」王啓明踩下油門，車子快速飆出去，他陰鬱的神情扭曲癲狂，情緒非常亢奮。「『那邊』肯定會很高興吧。」

看來黑羊是他人祭品的意思，使用咒文控制他之後把他轉交給另外一人。

東風暗暗想著。「你對得起神母嗎？一邊說是信徒，一邊用別的宗教符文？」

「神母說過，只要對祂孩子有利的事物，祂都全盤接受。」王啓明說。

「就算它的信徒殺了兩個人？」東風嗤笑，凝視著不遠處即將秒數歸零的綠燈：「你發現李娟要對林粼粼不利因此生殺心我可以理解，但和你們毫無關係的楊政舩有做什麼嗎？你們兩人甚至不認識。神母對你們還眞寬容，不要死信徒、死別人都無所謂。」

「他看見太多了，跟著粼粼時我就發現有人在偷拍她，只是意外那傢伙和我有點像，這就是神母的庇佑。神母讓我發現這個人，賜我第二身分和住所，讓我去找回愛人。」

王啓明又露出個虔誠的表情，在又一次停紅燈時做出了敬拜的手勢，不過這副樣子在一旁的東風眼中看來很荒謬，大概類似看到人嗑藥把腦袋嗑壞的模樣。

「那你神母有告訴你我是故意開車鎖的嗎？」

東風的話過於突然，王啓明怔了下。

他其實一直埋伏在旅館附近，原本是想趁隙混入旅館，說服林粼粼和他走，但戒備過於森嚴，他完全進不了那層樓，正好看見虞因等人離開，便驅車跟上，之後見虞因兩人要辦事暫時離開車子，他意識到這是很好的機會，趁人還沒鎖門便直接衝上來挾持。

現在他聽到「故意」兩個字。

「你難道沒發現，從剛剛開始，路上就沒什麼車輛嗎。」

東風抬起手上的單肩包，不知道是不是錯覺，好像有什麼東西幫他扶了一把，槓片竟然沒有記憶裡的那麼重，反而變得很輕。但眼下不是細思這事的時候，他直接把單肩包重重摔到駕駛的身上，後者根本沒想到背包裡的是十公斤槓片，反射性伸手揮擋，直接被重物砸個正著。

東風立刻解安全帶、打開車門、翻身離車，動作快得一氣呵成。

雖然遭到重擊，但王啓明本性凶暴，被這麼一打，直接激起他的暴戾，揮著刀爬到副駕駛座就要追出去。

從地上爬起身的東風被人拉開，敞開的車門遭到凶殘一踹，砰地一個巨響，直接把車裡的人撞回去，聲音大到周圍的人都覺得頭痛了，更別說首當其衝的王啓明。

先被槓片砸了一下，鑽出車輛時又被車門當頭一撞，整個人眼前一黑，在劇痛裡失去了幾秒視覺和意識，等他反應過來，看見的已是指著自己的槍口。

「警察，給我滾下車。」

有著年輕面孔的刑警如是說。

10

虞因按著額頭，感受到大寫的頭痛。

「所以你們兩個小的串通好，又瞞我？」

天知道他看到車被開走時多驚嚇，隨後聿居然告訴他附近都是埋伏的警察，馬上就可以把人救出來，他目瞪口呆地看著眼熟的小廂型車朝他們靠近。這才從小伍口中得知他們發現王啓明出現在旅館附近，也看見他招了車尾隨上虞因等人的車輛。

「沒預料到被劫車。」聿很老實地承認錯誤。

收到訊息時，他和東風原以爲警方可以在王啓明離開計程車後抓人，沒想到對方很狡猾，讓車開進停車場，一下車馬上就鑽進車脅持東風，並把車子開走。

過程中摻著一個渾然不知的計程車司機，警方根本不敢立即衝上去。

「生氣了？」看著虞因的臉色，聿低下頭。

「對，非常氣。」感到自己根本河豚化了，虞因勃然大怒，當下就想噴兩個小的一頓，但礙於周邊都是員警，且東風還在一旁接受治療，他硬生生把到嘴的髒話吞回去。這時突然懷念起十八、二十歲的自己，什麼不爽都可以直接當場嗆出來，現在只能咬牙低聲：「你們是不是眞的吃定我不會把你們怎樣？」

又一次被重重踩了底線，虞因眞的想不顧這兩個傢伙的面子，當場給他們難堪，然後甩頭走人。

但不行。

他知道自己滿雙標的，他就常常幹下沒有預警便突然消失的事，身爲三人中年紀最大的那個，他其實不能、也沒什麼立場這麼氣。

可就是很氣！

三個人在一起時，他們竟然在自己眼皮子底下私下串通了這種危險計畫！

不管怎麼說服自己，他就是壓不下大暴怒。

「沒有，不是這樣。」聿立刻搖頭，沒什麼表情的臉浮現一絲肉眼難以看出的焦急。

虞因甩頭走開了，現在不想被哄。

做好簡單治療的東風摀著脖子正想走過來，但看見虞因的臉色，下意識繞開了人，不敢去觸霉頭，等走到聿旁邊才說：「沒辦法道歉嗎？」其實他們兩個也是突然發現王啓明才臨時做了這個試探的決定，不過他也理解虞因生氣的點，於情於理確實該先告訴他。

聿點點頭，又看了看正在和小伍說話的虞因的背影，思考該怎麼辦。

相較於兩個焦急的小孩，虞因與小伍一起盯著被虞夏按進警車裡的王啓明。意識到抓人的是虞夏本人，王啓明很快就放棄抵抗，看模樣是了解過虞夏堪稱血腥的凶暴事蹟，所以當場喪失鬥志。

「他好像和某人做交易，手機上的訊息被刪掉了，不過他有截圖備份。」小伍拎著放在證物袋裡的手機，點出裡頭的重點照片。「這兩天藏匿他的人和他交易過東風的照片，並且對他說如果可以把人交給他，就答應他的條件。」

虞因再次覺得頭很痛。

爲什麼總有變態覬覦他家小孩！

這些混帳東西不知道養小孩很難嗎！好不容易一個養高、一個養胖，又想來害他們！

小伍隨手翻看手機相簿，發現簡直是個寶庫啊，充滿了各式各樣的偷拍照片，不但有東風的，還有大量林鄰鄰的，連平日生活的偷窺影片都放了一份，完全可以想像這個人時刻痴看的樣子。另外就是奇奇怪怪的咒文和大量動物屍體照，還有更奇怪的泥塑像，都可以當現成的恐怖電影素材了。

虞夏走過來，往手下的腦袋拍過去，然後轉向虞因：「先回家，剩下的晚點說。」說著，看向遠了點的兩小孩，雖然兩人都沒什麼表情，但顯然正畏懼虞因的怒氣，瑟瑟發抖。

「別氣太久，他們只是怕你受傷，你們都一樣。」

「……知道啦。」虞因就是因爲知道，所以剛剛不想被哄，肯定會被多講兩句就馬上心軟。「王啓明逮住了，偷窺事件應該算解決了？」

「林粼粼那邊應該安全了，東風這邊還得找一下藏匿王啓明的人，已經拿到他的手機，很快就能解決。」虞夏招來一名員警，讓他把小孩們送回去。剛剛車門不小心踹太大力，得開去維修了。

「嗯嗯我晚點跟他們說。」虞因拿出手機，發現一太傳了訊息給他，打開後只有一句：

記得把槓片還給阿方。

「……」

這也是滿可怕的。

□

協助藏匿王啓明的人並不難找，沒想到找出來後還是個熟人。

——花錢買照片的富二代。

被警方再度找上，他也不太意外，供稱他當時不知道王啓明是殺人犯，因爲向他買過幾次照片，對方求助說惹了事，拜託他幫忙找個地方藏身，青年就隨意借他間屋子住，如果那時候知道他是殺人犯、還是個邪教神經病，就不敢收留了云云。當然手機上那些話只是開玩笑的，剛好東風長了一張很符合他喜好的臉，他才會在買照片時隨口開個玩笑，誰知道王啓明會眞的動手呢。

說這些話時，青年旁邊坐著的是要用很多零才能請得動的律師，最後讓他全身而退，只繳了些罰款和收了幾句警告。

隨後全案針對王啓明開始進行偵查。

可能是基於對信仰的謎之信賴，王啓明竟然供認得異常爽快，包括他沉浸某個奇術交流圈多年——這是他們的自稱，就是一群擁有特別能力的天選之人組成的小團體，大家會交換自己手上擁有的祕術，如他也曾從圈裡得到推薦，去過一些少數民族的居住地旅行，因此獲得神母的庇佑。

王啓明會開始收集術法是因爲他高中時女友去世，因緣際會下在網路上看到某些神奇傳聞，於是開始相信這些事，不斷地研究摸索後，終於打入這個圈子；而在得到神母庇佑後，神母告訴他女友是他的三世情人，這只是她用以試煉他忠貞的其中一個軀殼，眞正的愛人還在世上，他必須經過重重考驗才可找到眞愛。

於是王啓明找啊找，終於有天在網路上找到一位女星，與女友有六、七成相像，連個性也同樣單純可愛，簡直就是日思夜念女友的翻版。他一直認爲找回失去的女友了，但神母要他再等一段時日，這段時間他必須天天吟唸詩文和對神母獻祭禱告，累積意念與誠心才能進行第二個步驟。

某一天，女星爆出桃色糾紛，遭跟蹤狂報復曬出大量私密照，當中有很多女星在夜店玩得很開的畫面，重重打擊了女星的形象，同樣也打擊到一直關注女星的王啓明。

「你們知道嗎，我必須持續整整九百九十九天，每天殺一個活物，取血在神母面前寫下誓言不能間斷，累積巨大的能量意念，這是神母給我的第一步考驗。接著再取得她身上的貼身物和頭髮，花一百零八日、每天對她進行召回與眞心咒。」王啓明冷笑著，「沒想到就在第一百零七天時，那個賤女人暴露本性。」

神母對他耳語，這只是一個魔鬼的考驗。

沒多久，他就在一次商店街活動看見林粼粼，直覺告訴他，這就是眞正的摯愛。

林粼粼比那個魔鬼女人更像他女友，並且潔身自好，天眞爛漫，看著她就像看著高中時對自己微笑的少女；身影與過世女友重疊的林粼粼在台上對他比了個心，露出燦爛笑容，讓陷入低谷的王啓明彷彿看見一束希望之光。

幾次稟報神母，神母也同意他的看法，幸好神母體恤他的辛苦，讓他使用七七四十九天製作法咒，把那九百多天貯存的意念力量轉嫁到林粼粼身上，他只要重新那一百零八日的眞心咒就可以進行第三步驟了。

於是他開始每日追蹤林粼粼的一舉一動。

後來在交流圈認識李婂，本來以爲是志同道合的朋友，沒想到對方竟然也是惡魔派來的愚蠢女人，竟然嫉妒林粼粼的美貌與才能，把交換來的詛咒用在林粼粼身上，還想破壞他的咒陣。

幸好神母庇佑，讓林粼粼不被惡毒女人傷害。

那女人死有餘辜。

離開大樓時他看到一個鬼鬼祟祟的傢伙在附近徘徊，他認得對方，也是個窺看林粼粼的臭小子。走過去警告時，他從對方驚恐的表情意識到，這個偷窺者很有可能目擊到他處理女人的畫面。

所以他暫時放過對方，假裝沒有注意到，然後用了幾天跟蹤這人，看著他三番兩次在警局附近走動，似乎在猶豫什麼。雖然有點麻煩，他還是在巷子把人拖走，接著逼出對方所見，然後再拿走他的身分與房屋。

果然神母預料了一切，讓他發現阻礙，給了他新身分，更驚喜的是這個人的屋裡居然有大量監視用品，對面大樓居民的一舉一動清晰可見，還有好幾戶放了針孔。

那些日常存放在一個個硬碟裡，長期觀察下來的詳細生活動向，甚至上下班、上下課、誰家的妻子出門去市場時怎麼走、喜愛購買的店家等，都完整地、一筆一筆地寫在堆疊成山的筆記本內。

包括林粼粼的。

王啓明從筆記與影片中取得大量林粼粼的相關資料，她眞正的喜好、她在哪個公司慣用哪間化妝室、走路時會靠哪邊、在學校時喜歡去餐廳點哪道菜、附近區域的監視器該怎麼避開……一清二楚。

這些都是神母的賜予，因爲林粼粼是他眞正的愛人，所以神母給了他這些，讓他完全掌握林粼粼的行蹤，這麼一來，他就可以開始計畫對林粼粼展開祭祀，讓愛人從盲目的生活裡清醒，獲得神母的賜福。

等到神母替她洗去所有骯髒污穢，他們將永遠在一起。

記錄的員警邊聽邊搖頭，覺得根本是個神經病。

王啓明完全不介意員警的反應，甚至哈哈大笑，要他們等著，因爲神母會降下神蹟，他很快就能離開，去找回他的摯愛，幸福地度過一生。

畢竟一切都是天註定。

□

「如果不能死刑，可以把這人關到趴帶嗎？」

多日後，得知一切的林粼粼眞誠地如此詢問警方：「或者，萬一要是他又出獄，我讓我爸找人把他打成癱瘓，警方可以假裝不知道嗎？」

假裝不知道當然是不可能的。

於是林粼粼得到一個否定的答案。

「沒關係，到時候私下做就好，不要讓警方查到。」林致淵給了一個比較可靠的建議：「要讓人無聲無息癱瘓有很多方法，還可以看看他的神能不能降奇蹟幫他復元呢。」

「不要隨便教學妹奇怪的事情。」虞因看著一屋子的友人，竟然還多半都認同林致淵這提議。

「我覺得小淵學長這建議很好啊。」林粼粼雙眼發光，突然有點期待變態被放出來，她爸絕對可以把人弄成全癱，讓這種人在床上過一輩子。「明明我們什麼都沒做，還要忍受這種人的騷擾，每天晚上睡覺都會作惡夢，現在還得預約心理醫生，結果他做了那麼多壞事居然可以這麼張狂。」眞的不如直接把他打成全癱算了，死了還算便宜他，最好讓他下半輩子不能自理，全身褥瘡黏在床上，看他的神母到底有多神！

「人命確實不太值錢。」李臨玥心有戚戚，她也是在職場上遇過不少騷擾。

一旁的程奚岳體貼地去自助區拿回幾盤女友愛吃的菜和點心，然後開始幫她剝蝦，動作極爲自然。

林粼粼的跟蹤事件告一段落後，她父母直接包了餐廳讓她邀請這段時間幫忙的朋友們好好吃一頓，爲了讓年輕人可以愉快交流，父母道完謝後便沒有留下來煞風景。

虞因這群人人數較多，直接佔了一個隱密性較高的包廂，外面是林粼粼的其他朋友和同學們，有門牆相隔，各自吃各自的，不會相互干擾。

「嗄，直接埋掉就好了，放著多麻煩。」小海覺得讓人苟活很無趣，她傾向當場處理，一次發洩完可以繼續下一個。

「也是一種方法。」一太笑了笑，接過阿方遞給他的盤子，上面是好幾片烤鴨。「我倒是滿喜歡看著人掙扎卻死不了的模樣。」

「……這喜好有點可怕。」虞因完全不認爲對方的話有玩笑的成分，搞不好他們眞敢幹這種事……還是別想好了，越想越覺得會實現。邊說著邊看向正在幫李臨玥剝蝦的男人，深深覺得友人這次找的男友好像還不錯，以前類似這樣的聚會她很少帶人出席，希望這位可以通得過考驗。

聿剛好也端了一盤大大小小的蝦回來，看虞因好像很羨慕別人有人幫忙剝蝦的樣子，沉默地坐到旁邊開始處理蝦殼。這對經常處理食材的他來說非常容易，很快剝好了大半盤。

「？」虞因莫名看著突然開始處理蝦子的聿，不知道他什麼時候這麼喜歡吃海鮮了，直到盤子遞給自己，才意識到是賠禮。

其實出事隔天他就沒怎麼生氣了，不過兩個小的一直不怎麼敢講話，他當然不會主動安撫，結果好像被兩小誤以爲他持續怒火中，昨天開口問他們要不要參加林粼粼的聚餐，居然連平常不怎麼喜歡人多地方的東風都秒答應，看來是真的有嚇到。

暗暗在心裡嘆口氣，虞因把蝦子各分給三人，說道：「多吃點，學妹買單。」

「對！大家努力吃！」林鄰鄰揚聲招呼，然後又出去外面團團轉，接待其他朋友了。

聿和東風對看了眼，無論如何事情大概算是過關了，兩人不約而同鬆口氣，低頭乖乖吃起食物。

稍晚還要去警局送餐，林鄰鄰他們的身分不太方便，虞因倒可仗著警眷的身分把準備好的食物載過去。

「對了，虞學長答應那個頻道主的影片後來怎麼處理？」林致淵知道簡兆齊提出條件的事，原本他是想找對方點麻煩，不過被阿方攔住了。

「我們和他聊了一下，他放棄這件事了。」阿方隨口說道：「那人還滿好講話的。」

虞因差點被蝦子嗆到，狐疑地看著阿方，後者還對他露出友善的笑。「我都不知道有這回事。」他和簡兆齊最後的聯絡是對方從警局回去後，傳訊息告訴他要好好想想特輯的內容怎麼做，怎麼直接跳成放棄了？

「喔，昨天晚上一太說想出去吃宵夜，我們正好遇上那個頻道主，所以聊了幾句。」阿方順便報了個新開的宵夜店家名稱，「還滿好吃的，你們有機會可以去看看，他晚上十二點才開店。」

虞因沉默。

重點應該不是宵夜好不好吃而是聊天的內容吧？

但看兩位好友似乎沒打算告知內容，他也就不問了，只好轉而搜尋宵夜店家，沒想到這店還滿狂的，除了大半夜才開店的理由是老闆白天起不來，他本身居然還是個甜點師，店家評價裡一堆網友鬼哭神號，多是逼人熬夜吃美食很不健康之類的。

虞因把手機遞給聿，後者眼睛都亮了。

看來以後半夜回家前可以去的地方又多了一個。

林鄰鄰的事件就這麼告一段落。

回到家後，幾個人懶洋洋地在客廳看了一會兒節目，稍微聊幾句放鬆，晚上便轉往各自的房間準備休息。

洗漱完後虞因躺在床上玩了幾分鐘手機，接著感覺到房裡溫度略微下降，他起身，看見一抹黑影在窗外，不知道站多久了，紅色眼睛無聲無息、直勾勾盯著屋內。

「……」雖然知道沒惡意但是這樣還是很恐怖。

虞因打開窗戶，外面的黑影並沒有打算進來，只是很有禮貌地躬了躬身。照理說，楊政舷已經可以恢復原本的模樣，但祂仍保持這身黑影的樣子，然而看起來不太像之前的有點遲鈍，反而隱隱有種變得從容的感覺。

「祢該不會是比較喜歡這種樣子吧？」雖然覺得有點沒禮貌，但虞因還是問出口。眞的不是他多想，畢竟這位也是偷窺慣犯，加上祂的性格，搞不好這種型態深得祂心。

本來以爲黑影會保持沉默，沒想到還眞的坦蕩點頭了。

虞因咳了聲。

黑影抬起手，祂動作變得流暢許多，然後指指虞因放在床上的手機。

把手機拿過來擺在窗邊，螢幕暗了下去，再出現畫面時，依舊是楊政舷的家，與先前看過的很相似，他每天都過著相同的生活，照表操課地上班下班，然後打開望遠鏡與藏在住戶家中的針孔，靜靜地看著別人的生活。

沒有固定哪戶，幾乎就像觀察一樣每家都停留一段時間，或者在某日跟著某人出門，用最無存在感的方式隨行，然後把他們的事情鉅細靡遺地記錄在筆記本上。

若偷窺的時間停留得比較久，大多都是對象在吃飯，螢幕上溫馨吃飯的一家人，或是邊滑手機邊吃飯盒的單身族……就像每天都有人與自己一起吃飯。

虞因突然明白楊政舷窺看的目的了。

曾經單身活在那個空間裡的人，不善與人接觸、也害怕與人長時間接觸，即使如此，他還是會寂寞、會羨慕。從那些家庭照可以看得出來，他在悄然汲取別人的光芒，然後用這點光和幻想來滿足與溫暖自己。

「但是你知道這是犯法的吧，你不能用這種手段……事情曝光後帶給這些家庭的恐懼和陰影要花很多時間撫平。」

黑影點點頭。

雖然知道，卻欲罷不能。

這幾乎是他唯一可以感受到別人卻不用計算與他人接觸的時間、不會產生恐懼的辦法。

雖然是犯罪，但沒辦法停。

他可以假裝自己好像有家庭、有很多朋友，他知道所有人每天會做什麼，也知道該去哪裡找到他們，這讓他非常滿足。

目睹李婂被殺害那天，他其實極度恐慌，他一直有在觀察李婂的生活，知道有那位男性友人的存在，他們經常在屋裡研究奇奇怪怪的東西，然後再拿去陽台用小火盆燒掉，嘴裡說著要弄乾淨才不會被其他惡靈反追。

這戶人家是少數比較奇葩、屬於他不想要常常觀看的類型。

但他還是會看，因爲他發現王啓明和李娟會跟蹤林粼粼，不過這並不稀奇，林粼粼的身分擺在那裡，他在跟蹤住戶並觀察他們的生活時，也尾隨過林粼粼好幾次，所以知道那些粉絲會做出的事。

他曾有幾次在大樓附近街道遇上王啓明，兩人互不相識，但有點怪異地相似，然而那時他沒看出對方會殺人。

楊政舷數度在警局外徘徊，看著裡面來來往往的警察，是讓他無法接受的人數，他一直鼓不起勇氣走進去，一想到會有很多人對著他問東問西，他就感到窒息，但又知道必須讓警方知道在李娟住處發生的事。

他把影片備份塞在小盆栽裡，每天看著小盆栽，說服自己要提起勇氣把證據交給警方……畢竟是偷拍的角度，只要有心去找，警察還是會找到他身上，他親自送過去還可以用拍野鳥不小心拍到作理由，順便避免警察上門發現他屋內的不對勁。

手機上的影片是最後那幾天，楊政舷在家裡端著小盆栽走來走去的模樣。

再之後，他要去警局的路上就被王啓明襲擊，永遠去不了了。

「祢一直想找人幫李娟和粼粼嗎？」虞因心情複雜地看著黑影，從頭到尾都沒有感受過對方的恐懼和怨恨，頂多就是催促，但祂死前明明遇過非常不好的事情，來找自己的時候，也是引自己先幫助林粼粼和李娟兩人。

黑影再度點頭，彷彿那是祂唯一的執念。

啊不，祂可能還有一點點其他沒辦完的事情。

虞因看著手機上的變化，呃了聲，感到無言，隨即開口拒絕：「很抱歉，辦不到！」

竟然想問他可不可以替祂向那些住戶道歉。

當然是不可以！

萬一被當成同黨怎麼辦！

而且因爲王啓明把硬碟和筆記本都銷毀了，鬼才知道究竟有多少人受害，到現在那棟大樓的住戶都還不知道自己被偷拍多年了呢！

黑影歪過腦袋，大概也覺得自己強人所難，於是手機上又變了個提案。

「不不不，祢不能託夢，祢會把住戶嚇死。」虞因眼前一黑，感到驚恐，先不說每戶都去託夢有多恐怖，這位楊先生連當飄了都還是有點社交恐懼，萬一祂在夢裡面遮遮掩掩，站在人家身後一整晚，被託夢的人絕對會被嚇死啊！

爲了整棟上百住戶的心情與精神著想，虞因義正詞嚴地說：「就這樣讓事情過去吧，警方會代替祢去說明的，如果祢還是覺得愧疚，在祢能力所及的地方保佑大家平安健康吧。」

黑影發出了「啊？」的聲音，顯然困擾。

「祢自己想辦法吧，總之別託夢，拜託。」虞因比祂還要困擾，大概是幾次接觸下來，黑影好像比較不怕自己，還嘗試想要溝通想法，他只能好聲好氣地解釋：「祢想想，祢在世時應該也不喜歡被陌生人託……被陌生人打擾吧，同道理，說不定住戶們會比較喜歡無形的付出。」

似乎挺有道理，黑影思考了一會兒後，才點頭。

就在虞因想問問祂還有什麼需要時，黑影突然一轉身，黑夜裡盪起一絲光，他猛地看見原來院子裡還有「另一個」。

紅色洋裝的身影站在那邊靜靜等待，等到他們談完才亮起燈，黑影閃了下，出現在紅洋裝的身邊，然後朝虞因揮揮手。

雖然沒有出聲，不過虞因很明確地感受到對方的聲音。

謝謝你，再見。

□

虞夏下班時，往鑑識那邊走了一趟，不意外地看見玖深的工作間還亮著燈。

「你怎麼還在？」

「媽啊！」

全副精神都盯著桌面物品的玖深被嚇了一大跳，回過頭，才發現最近好像都是被虞夏嚇出魂。「老、老大，您進來時可以敲門嗎？」再這樣下去，他壽命眞的會少掉三分之一。

雖然在這裡工作本來就會少三分之一。

但是不能再少了！

虞夏看看工作間外面的電子鎖，他很確定剛剛刷卡進來時有嗶一聲，以及之前玖深被嚇後掛在門上的小風鈴，這兩種聲音都沒聽到的話，可見這傢伙有多專注。

「……那也還是要敲門。」玖深小小聲地抗議。

「在看什麼？」虞夏決定改天再多買一個風鈴給他。

王啓明落網後，因蒐羅物證艱困，並且大半都被破壞，例如李婂、楊政舷的電腦、手機等用品，幾乎都找不到殘骸，可找到的如燒成灰的記事本與碎成渣的電腦硬碟，多半也都復原不能，著實讓承辦人員各種頭痛。

王啓明在銷毀這件事上非常用心，紙張燒完後還刻意攪拌確保全都成灰，硬是不留個隻字片語。

目前最大的收穫是一屋子的宗教用品。

提到正事，玖深連忙回到桌前朝人招手。「王啓明案裡，白羊身上的人血不是與李娟不符嗎。」

狂妄的王啓明現在還在等他的神母救他，但自從最初次的招供，後續有些事情他就全部閉口不言，包括白羊人血的來源，以及那個充滿邪魔歪道的聊天室。

警方沿著他手機與電腦中的線索去找，原本的網站竟然已經消失了，不是一個聊天室消失，是整個網站都被消除，蒸發的時間幾乎是在王啓明被逮捕的同日同時，彷彿有人在暗處窺視著逮捕的瞬間，按下消除整個網站的按鍵。

「後來從檔案庫現有的資料做比對，沒想到眞的找出擁有者。」玖深指著螢幕上調出來的記錄。「莊政豪。」

聽見名字時，虞夏皺起眉，意識到事情的不對勁。

莊政豪是不久前狗狗被打死的案子牽扯出的男性死者，當時他的屍體被發現時也有宗教痕跡，後來宗教專家告知他們這是一種不讓死者離開原地伸冤的手法，大多是一些做虧心事的人使用的手段，有些信奉鬼神的黑道怕被尋仇，就會找法師來幫忙。

因爲有這個例子，所以這次他們看見李娟的屍體時，還特別比對過兩種是不是相同方式，後來確認不是，李娟身上的比較呆板，應該眞的是從網路學下來的東西，效果沒有莊政豪那種好。

沒想到布偶上就出現了相關的連結。

血是怎麼來的？

王啓明當時也在莊政豪案的現場嗎？

是那個派對的一員？

「然後然後，這個比較恐怖……」玖深剛就是專注在看這件東西才會被虞夏嚇得半死。

虞夏在對方的指引下，重新看向桌上的照片，數量很多，顏色一致，猛一看不知道是什麼，接著才發現是大蜈蚣的身體特寫。

「大蜈蚣是自然死亡，原因不明，就是突然死掉了。後來我發現它身上的紋路怪怪的，所以放大檢查。」說眞的，盯著蜈蚣一節節的身體看有點不太舒服，但隨後他發現更讓人不舒服的東西了。

看著玖深一邊發抖、一邊把那些照片按著紋路拼出來，虞夏看見的是一張猙獰的人臉，五官肖似李婂。

「應、應該是湊巧吧，剛好線條差不多之類的。」玖深吞了吞口水，開始後悔為何自己手如此賤，看到線可以連在一起後就跟著拼圖了，然後拼出一個他可能又要作惡夢的東西。

「你就當湊巧吧。」反正這東西也不能遞上去向檢座和法官說這是來自另個世界的訊息。虞夏想了想，頂多是局裡的超自然大全又多了一筆。相較之下，白羊上的人血來源更為重要，必須想辦法撬開王啓明的嘴。

玖深覺得好像沒有被安慰到。

「先回去休息，剩下的事情明天再繼續。」看著時間，已經來到深夜，虞夏把桌上的照片和資料攏起整理好。

「我現在睡一睡搞不好明天起來就會發現是夢。」玖深轉換成下班狀態後就開始心態擺爛，整個人終於感受到身體的疲勞，喪屍般地搖晃。

「是是是。」虞夏把人趕出工作間，與路過的夜班打了招呼。然後一回頭就看見玖深已趴在辦公室，意識即將蒸發，他才想到這傢伙可能也跟著熬好幾天沒睡，看樣子得繞路把人塞回租屋。

離開局裡時，天色深黑，偶爾有幾部腦殘青少年的機車挑釁般從警局大門外飆過，擾人安寧的笑聲消失在街道另端。

這兩年一些店家也越開越晚，深夜路上不再像早年毫無人煙，有時還可看見夜貓子在店門口或宵夜攤位排隊的畫面。

把玖深丟進車後座，虞夏關上車門。

李娟案與楊政舷案雖然已經抓到凶手，但還有許多疑點尚未釐清，尤其是楊政舷這邊。眾多硬碟和筆記本遭銷毀，楊政舷到底記錄到了什麼才引起忌憚，如今已無人知曉，這位曾經暗中窺視人們的獨居者僅僅留下李娟的死亡畫面及被拷貝到其他地方的那些林粼粼的偷窺影片，其餘東西都和他一起入土了。

王啓明基於什麼理由毀去這些東西？

他在怕什麼？

後座睡死的傢伙突然迴光返照，整個人撲在駕駛座的後椅背上。

「老大……我們一定會找到的……」玖深迷迷糊糊說道，不知是殘餘的意識還是連作夢都在接續工作進度，很小聲地細語：「雖然恐怖……但會找到……」

看著連安全帶都沒繫的傢伙，虞夏轉身把人按回後座躺好，順便把安全帶拉下來捆住這傢伙。

「遲早的事，現在先睡吧。」

「嗨～大家今天快樂嗎！」

林粼粼站在工作室的入口，開心地張開爪子。

事件過後，林粼粼彷彿把工作室定位成新的精神綠洲，時不時就跑來搶甜食，或者送甜食過來，順便吸一口美色。

也是這麼頻繁過來才發現這裡簡直是比她預想的還要棒的寶窟啊！別說三位老闆，連客人都不少顏值強者，包括來往的員警們，仔細一看，帥的還不少。

人生至此，能吸就吸。

「妳今天沒事嗎？」虞因邊幫學妹裝甜點，邊切了片磅蛋糕讓她自己端到一邊去當下午茶。

「有事來，沒事也要來。」林粼粼喜孜孜地捧著蛋糕去找位子坐，她今天來的時間點很好，正好在中午搶出爐的客人走光、店內沒人時，不用顧慮形象，盡情放飛自我。

終於不用再拿冰淇淋的楊德丞今日取到的是聖多諾黑和蒙布朗，走的時候還感慨了下難得聿今天龍心大悅，甜品多做了不少分量。

幾個親友預訂的中午點心盒裡也是這兩種，林粼粼當然也預留了一盒。

「聽說王啓明那邊有點慘。」虞因端來花草茶，說道：「可能皮膚病了。」

王啓明進看守所約莫一週後，身上開始浮現奇怪的紅斑，嚴重時還會起小水泡與奇癢無比的疹子，一抓擴散得更嚴重，最後幾乎全身都是，衣服掀起來一看，那些紅斑一條條的，竟然很像蜈蚣攀爬滿身。

平常不抓也還好，但會突然癢到讓人抓狂，唯有抓到傷口崩裂變成劇痛才會減少一、兩分癢意，沒幾天，一個原本好好的人抓得全身血肉模糊，時不時還會因爲癢到受不了去撞牆，看著相當駭人。

醫生診療了幾次無果，藥物治療也無效，只能確定暫時不會危及性命，但時間拖久、傷口造成感染就危險了。爲了不讓王啓明抓爛皮膚，他們唯有在嚴重時給他上約束帶，儘可能制止他的動作。

原本這人謎之信任神母會救自己，囂張到膽敢對員警們傳教，現在只能被綁在床上讓劇烈的疼痛和癢折磨著不斷哀號，不解自己的神明怎麼至今無法降臨。

「那活該啊，最好全身爛光。」林粼粼毫不在意地嗤了聲，聽那人淒慘，磅蛋糕變得更好吃了。

兩人閒聊幾句，在後頭的東風拿了個盒子走出來。

虞因一眼就發現這是早上宅配送來的盒子，紙盒已經被打開，三十公分左右的盒裡塞著一隻毛茸茸的暹羅貓玩偶。

看見玩偶，被白羊布偶搞出心理陰影的林粼粼倒抽一口氣。

「妳要嗎？」東風把布偶掏出來，貓臉對向女孩。

「不不，不想要。」林粼粼連忙搖頭。

「怎麼有這個。」虞因湊過去看，正好看見盒底還有封信，上面的愛心貼紙說明一切。

「……你們的愛慕者越來越多了啊。」除了東風，聿最近也常收到類似這樣的宅配，不過寄給聿的人很聰明，都選食物或茶葉，有時收到的茶葉價值驚人，他只能一個個退回去。

反觀東風，居然是這種小玩意和精巧飾品居多。

把玩偶塞回盒子，連同沒拆封的信，東風聯絡宅配有空來收退件。

「其實你們可以留下的，這樣退回超麻煩，還很浪費錢。」林粼粼吃掉最後一口蛋糕。

「就當粉絲送禮，我也經常收到一堆。」

「我們沒打算和對方建立交情，更沒有想要出道。」東風回答。

「也是啦，陌生人還是很危險的。」想到這次可怕的經驗，林粼粼再度嘆口氣。如果不是她運氣好，有學長、學姊們幫忙，搞不好擺脫不了偷窺狂……兩個偷窺狂，其中還有一個是殺人犯！

雖然後來虞因有解釋楊政舷的狀況，但依舊不能洗白他是個偷窺慣犯的事實，不過人都死了，那些東西也都已被銷毀，即使再怎樣覺得噁心不適，終究只能算了，總不能追去地府把祂打一頓。

「唉，精神打擊啊，需要抱抱吸美色。」林粼粼可憐兮兮地看著東風。

「滾。」東風毫不留情地噴走有幾十萬粉絲的美少女。

「嗚！」心靈受傷。

虞因站在點心櫃後方看著他們打打鬧鬧，好笑地搔頭，同時看見聿端著盤子走下來，身上還帶著淡淡的甜食香氣。

「不然晚上大家一起去吃火鍋吧，順便問問阿方他們要不要去。」虞因突然想起聿昨天去採購時盯著火鍋肉片，不如今天揪團先吃一頓。

「嗯。」聿點頭，把特製的小糕點遞給虞因。

快樂地叼著美食，虞因打開手機，正打算詢問友人們，就看見阿方已經傳訊息過來問他們晚點要不要出來吃火鍋，他和一太出來買新的槓片，一太突然說晚餐想吃火鍋。

「……」

一如往常地可怕呢。

「火鍋火鍋！」林粼粼耳朵很靈敏地聽見美食字眼，馬上舉手報名。「我可以明天再減肥！」環繞著俊男美女的火鍋啊！感覺吃完可以減十公斤呢！

「啊……」東風有點糾結，雖然有一點點想吃，但吃太多又會胃痛，外面的鍋底湯頭比較油，不像聿平常會另外分一個小鍋子煮清湯的給他。

為了晚餐的火鍋，虞因打開語音群聊，一群人熱熱鬧鬧討論起要去哪家店、吃什麼。

聿走到還在糾結的東風旁邊坐下。

「用白水泡一泡吃，別吃太多就好。」順便提供能稍微減油的方法。

「嗯……」也只能這樣了。

最後晚餐訂在知名的火鍋店，還讓他們幸運地臨時預約到一間包廂，就這麼拍板定案。

又是如此愉快的一天。

工作室門鈴響起。

有人站在外頭，帶著小心翼翼和憂慮，面朝對講機鏡頭開口。

「不好意思，我聽說這裡……」

《窺視》完

附錄·日常三兩事

宵夜·其一

「別問：12」是一家新興的宵夜店。

與另外一家「浮生」紅起來的方式差不多，兩家甜點師都是看心情出點心、看心情營業，所有產品堅持手作，味美量少，賣完就跑。

但網傳「浮生」還好一點，至少他們另個老闆會在網頁上公告今天有沒有東西、烘焙出不出餐，東西沒了還可與樓下設計門市的設計師聊天。

「別問：12」是根本管你去死——這老闆連網頁都沒有，半夜十二點時間一到就開門，賣完秒關，沒開就是沒營業，鐵門上還乾脆直接噴上「老闆陣亡勿找」的字眼，足見老闆生活之紊亂，連帶地把追逐他的顧客也帶著不健康，因此顧客還自動自發地成立了自救群組，有人看見沒開門會趕緊通知群組，以免大家撲空。

這也造成某設計師上網搜尋地址與評價時，被各種暴怒和痛苦接受、哀號尖叫求老闆當人的言論搞得一頭霧水，不過他倒是很乖巧地秒加入群組，看著善心人士幫報營業時間做功德。

但就他個人而言，說不定某朋友的直覺預測比群組更準。

「今天好像有開店。」

虞因看著手機訊息，幾秒前某直覺很準的友人對他說今天應該會開店，於是他扭頭詢問兩位正在收店的合夥人。正好再半小時十二點，他們這邊收完可以趕上人家開店的時間。

平常工作室沒這麼晚關，是東風一位客戶臨時來中部，趕晚間的高鐵衝過來確認成品狀態，明天要雇車順路搬回去。據說是個遊戲原型，虞因看著兩人高的模型做了快兩個月，精緻度高到嚇人，當然訂製價也高到嚇人，怪不得客戶要親自跑這趟。

總之等對方離開也是晚間十一點多了，東風原本要他們先回家，但最近的案件讓人很不放心，最後還是決定一起走。虞因就和聿在工作間玩了幾個小時的麵團……好吧主要是他在玩，聿在製作幾種不同的布丁。

麵包是他喜歡的果乾口味，聿幫他把水果與堅果等材料處理好，讓他自己加喜歡的去做，虞因當然也就不客氣地塞了一大堆，熱呼呼的吐司一撕開，滿滿清甜氣息。

於是三人終於可以離開工作室時，車上也多了幾條剛出爐的吐司與麵包，還有一堆看起來很可口的布丁，保冰桶則是塞了幾盒冰淇淋，車內瀰漫著滿滿香味。

「你們這樣還有必要去吃宵夜嗎？」看著後車廂的食物，東風吐出靈魂質問。載著一車點心然後去吃宵夜點心……？

「那個是屯糧，宵夜是宵夜。」虞因關上後車廂，微微打了個哈欠、縮進副駕駛座。

東風有點無言，不過這也算是常態，他繫好安全帶望著安靜的街道開始發呆，對於美食比較免疫的他，只覺得車上的香氣讓人有點昏昏欲睡。

雖然現代人越來越晚睡，不過晚上十二點的街道還是與白日很不同，籠罩在昏暗街燈、招牌燈下的橘黃色馬路，有種沉澱後的寧靜，呼嘯而過的機車或汽車有的是夜歸人、有的是正要開始夜生活的年輕人，深夜停止運作的紅綠燈閃爍著，偶爾會看見巡邏車擦身而過。

與另外兩人不太一樣的虞因則是還會瞄到怪怪的東西在柏油路上爬，他咳了聲假裝沒看見，認眞地把視線放回手機。

老早就把路線記在腦袋裡的車從容地在深夜驅車前往，轉過幾處無人的街道後，遠遠就看見零星人們往同一方向而去。

「別問：12」的店面並不大，一半設置了櫃台與展示櫃後，剩餘的空間只能放進兩張小桌子——老闆原本連桌子都不打算放，眞摯地希望客人買完快點滾蛋。這兩組桌椅是顧客自己帶來放的，他們怕老闆找理由收走桌子，竟然還自發性地吃完收拾桌面、帶走垃圾。

這點倒和工作室差不多，聿沒想過要讓人內用，原本就只賣外帶，只有自己人和熟客會在工作室大廳聊天，把會客長桌和辦公桌當餐桌。現在看來別人家的店還比較良心，至少容忍了兩張桌子。

跟在隊伍後面排隊，虞因與前面的小情侶聊了起來，很熱情的女孩告訴他們今天有四種甜點，外加一款現烤舒芙蕾，但是現烤要等很久，如果他們不趕時間的話可以嚐嚐。

這樣聊著聊著，終於輪到他們。

虞因一開始以爲只有老闆一個人邊賣邊烤鬆餅，進入小店面後才發現後廚有兩、三個人影在準備現烤……應該是兩個人，另個不做解釋。櫃台邊是名看起來有點嚴肅和憔悴的高大男人在等他們點單。

看起來有點滄桑的男人是這家店的老闆，雖然虞因不懂爲什麼是他在結帳，而後廚讓別人烤舒芙蕾。

「全部都要一個。」聿趴在點心櫃前，眼睛有點發亮。

「那就每種各兩……」虞因正想說每種都兩份，他和東風可以挑著吃，話才剛起個頭，就看到男人皺起眉，往他的方向靠近，而且還嗅來嗅去。「呃……」

男人歪過頭，疑惑地盯著人看了幾秒，才開口：「……你們不是那家滿機車的工作室老闆嗎？」

「……？」被機車的老闆說機車，虞因一時之間不知道該吐槽還是該說他好眼力。

「你們外表滿好認的。」男人滄桑一笑，然後朝聿兩人招招手，打開櫃台旁的小門讓他們進去。「我之前想去買，但是你們太早開了，那個時間爬不起來，後面談。」

意外地，老闆與他的外表不同，還滿熱絡的。

老闆邊帶人邊喊了其中一名在製作舒芙蕾的青年去櫃台，順便讓人準備三份組合點心。

被老闆拉進後廚才發現居然有個後院空間，種了些香草植物，打理得很漂亮，還有組漂亮花園座椅與溫暖的燈光，與前頭排隊的忙碌吵嚷不同，這裡簡直是個悠哉小天地。

「你們可以在這裡吃。是說你們剛剛是不是有做東西啊？一股麵包味……唔，還有焦糖、香草……布丁嗎？」老闆又往虞因身上嗅了嗅，露出有點期待的目光看向聿。

「啊，不介意的話……」虞因徵得聿的同意後，去車上拿了盒布丁、冰淇淋與兩條吐司送給老闆。

不知道爲什麼在大半夜交換起甜點。

老闆非常高興地接過點心，眼睛發亮。「之前我朋友……就那兩個，是我以前的同事，偶爾來幫忙。」他指指打包舒芙蕾給客人的青年與櫃台結帳的青年。「因爲那時間我很容易起不來，他們有跑去你們店幫我搶甜點，眞的很好吃，近期作品中我最喜歡上週的九味寶石盒……啊，你們先吃看看好不好吃，今天有我喜歡的諾曼地蘋果派，與外面的做法不同，有一些我私人的小祕方……」

出現共同語言，聿聽完對方提供的小祕方後，也沒藏私地把寶石盒的做法告訴老闆，九種口味的小甜點盒只是製作上麻煩，但對於會烘焙的人來說並不困難。兩人一拍即合，開始聊起了另外兩人聽起來像是天書般的祕方交流。

虞因看著似乎很開心的聿，覺得以後有機會可以常來。

「別問：12」的老闆有嚴重的睡眠障礙。

聊開後，虞因就時間怪異這點詢問，才知道老闆是眞的不太健康。

「基本上就是晚上很難睡著，勉強在白天睡，有時也睡不著，只能躺在床上滾。」老闆嘆了口氣，這毛病纏了他很多年，看醫生看不好，吃藥、調整生活作息都不見效。「明明就是很累了也沒辦法睡，不然就是睡半小時便醒來，有時連續三、四天沒睡覺，腦袋想睡、躺在床上卻很清醒，最後累得不行才昏睡一整天。」

也因為長期作息不正常加上無法睡覺累積的疲勞，各種小疾病和免疫力低下的問題逐漸找上他，光是這個月就看了三次不同病科，每個醫生都叫他要多休息。

虞因看著老闆的滄桑臉，終於知道那一臉憔悴是怎麼來的了。

「我原本是星級餐廳的甜點師，因為睡眠出問題，高強度工作身體撐不下去，最後只好辭掉。這兩年家裡看我都待在家，要我繼承這個三代老店面，我才開這家店。」老闆表示他也不想開店面，先前他是做網路訂製甜點，睡不著時做一做寄出去就可餬口，結果家中老人家的老店沒人要繼承，最後甩到他身上，老一輩希望店面不要熄燈，他就只好加減開了。

「原來你們是三代甜點啊。」虞因有點意外。

「不不不，我爸媽賣金飾、我爺爺奶奶賣燒餅油條。」老闆擺擺手糾正。

「……那你們家老店跨行跨很大。」看來繼承重點只有不熄燈。

「嗯，我爺爺奶奶在這家店私定終身，然後在這裡開店和結婚生子，在這裡出殯，所以他們唯一的希望就是不要把店收了。」老闆很誠實地說道。

虞因終於知道為什麼進來後一直在後廚角落看見一名笑得很慈祥、在看大家忙碌的老太太了！

老太太注意到他的目光，微笑著朝他揮揮手，矮小的身影慢慢淡去。

店內點心賣得很快，虞因幾人進店後約莫半小時差不多就被掃蕩一空，要等候的舒芙蕾也在一小時後所有預定份數全數售罄，現在只要把舒芙蕾烤完就可以關店。

聿和老闆聊著聊著，兩人就過去邊聊配方邊接手製作，把幫忙的青年二人組換下來。東風打了個哈欠，沒精神地慢慢小口吃切來的半塊蘋果派，沒有出聲催促。畢竟這種遇到可以交流的同好機率太小，他完全明白聿的心情。

虞因樂見其成。

一行人就在這待滿快三小時，換好聯絡方式後才揮別新朋友各自回家。

老闆確實是異常喜愛甜點的人，這種喜愛和後來打開甜點天線直到開店的聿差不多，自覺彼此熟悉後，老闆開始往工作室跑，後來乾脆賴在聿的工作間，美其名互相學習交流，實際上混點心蹭正餐，有睡意時隨便找個空地趴著就瞬間昏迷，虞因幾次差點在二樓走廊上踢到人。

不知道是工作室氛圍或周遭環繞著點心美食的香氣過於幸福，老闆居然在他們工作室收獲不少休息時間，氣色慢慢變好了，有時候把人丟著不管，他可以獨自在工作室一覺睡到隔天。

等到虞因發現事態不妙時，「別問：12」的顧客已經在群組哀號了上千條，內容包括老闆失蹤、老闆一個禮拜沒開店，老闆可能在不明處暴斃了、要不要組團幫老闆報警等各種留言，他看完後覺得如果說實話，他家工作室大概會被憤怒的甜點迷潑漆抗議。

幸好老闆在甜點迷發現藏匿點之前大發善心，精神稍微養好就乖乖打包回家了，依然是晚上開業，但肉眼可見笑容變多，品項數量也增多了些。

大概是發現工作室能提升睡眠品質，每當老闆又開始嚴重睡不著，就把工作室當度假勝地鑽，若「別問：12」老闆人間蒸發，虞因就可以在自家工作室二樓某處看見失蹤的老闆。

於是出入工作室的新朋友就這樣又多了一枚。

宵夜．其二

「別問：12」是一家非常「陰晴不定」的新興店家。

一週裡可能只開個一、兩天，甚至一整個禮拜都沒開店，或是老闆心情好連開四天，接著蒸發四天。

即使開店時間不固定到了極點，但那手厲害的甜點依然征服許多人的味蕾。

有時候連老闆自己都挺佩服他的客人，如果立場交換、他當客人的話，他可能會先把這個老闆揍一頓。

但近期，老闆發現有一組客人有異。

起先是開店時，兩名大學生模樣的青年已經在外面等待，當時老闆沒放在心上，畢竟他家客人常常拿開店時間來打賭，或是有經過附近的愛好者來碰運氣，所以常有人開店前就在堵門。

然而連續幾次打開店門都看見同樣的兩人，老闆開始覺得好像哪裡不對勁，這種不對勁在某個他們似乎特別偏愛的甜點跳天製作，這兩人也跟著跳天出現時，達到最高點。

爲了證實這並非巧合，老闆於是在某一天製作了這款他特別研發的海鹽焦糖核桃栗子派，然後刻意提早十分鐘開門，沒想到一拉開鐵門就看見熟悉的臉，不過今天只有一個。

「啊，我還以爲來早了。」高大的青年收起正在滑的手機，微笑地看著呆滯的老闆，開口：「想買栗子派，五份。」

甚至都沒進店看今天有什麼品項。

「呃……你朋友怎麼沒來？」青年的另位朋友戴著單邊耳環，之前來買時比較少開口說話。老闆左顧右盼，確定今天只來了一位。

「他今晚有事情。」青年跟著老闆進店，果然看見展示櫃裡排了一列栗子派，後廚還傳出淡淡的香氣，旁側小黑板寫著今日現烤鯛魚燒。他想想，又加點一堆鯛魚燒，反正待會兒其他人也會吃。

後頭開始陸續有客人排起隊。

青年站到一邊等鯛魚燒烤好。

老闆邊幫客人打包甜點，還是忍不住心中的疑惑，向青年發問：「你們每天都很早來嗎？」

「沒有每天啊，只有老闆開店時。」青年很快地回答。

「……你們怎麼知道我什麼時候開店？」老闆還是覺得怪怪的，然後將找零和紙盒遞給客人。

「這個，就想到的時候來碰碰運氣。」青年咳了聲，想起友人精準的預測，只好模糊地說：「我們有時候會經過，看見開門就過來。」

「喔，這樣啊。」老闆點點頭，正好鯛魚燒全數出爐，他從後廚接來大紙袋遞給對方。

等青年離開後，老闆又賣了一輪客人，才猛地驚覺剛剛的對話哪裡有問題。

那兩人明明是開店前就來了，根本不存在什麼「經過看見開門」啊喂！

對於謎樣的客人感到巨大的疑惑，終於在某天又一次睡不著時，老闆乾脆爬起來，拖著疲憊的身體檢查店內的監視畫面備份。

接著驚悚發現，那兩個客人眞的只在他開店時才會來，並且大多都在開店前五分鐘到達，偶爾會在開店後，但這狀況比較少，沒開店的時候就完全看不見影子。

所以他們爲什麼會知道哪天開店？

老闆自己都不知道自己哪天想開店！

想破頭都想不出來是什麼原因，還因此失眠四天，最後老闆抱持著無解的謎倒在床上昏睡過去。

大概、或許可能……是因爲他提早進入店內準備時被看見了呢？

□

阿方提著紙袋，無視地上跑來挑釁而挨揍的人，走進兩支車隊裡，找到自己正在看夜景的朋友。

「開店前去都被老闆注意到了。」阿方把另外買的一袋宵夜遞給車隊其他人，讓他們去分。「要不要下次晚點去？」

老闆明顯很想問他爲什麼可以每次都堵到開店，然而阿方不知道該怎麼向對方解釋是因爲某個人直覺準，剛好都在有開店、有他想吃的口味時想買。

「不想晚去排隊。」一太歪頭翻紙袋，從裡面拿出還有點餘溫的鯛魚燒。特製的鯛魚燒皮薄脆內軟，一撕開就有滿滿的餡料往外湧，視覺上讓人相當滿足。「過陣子可以去阿因他們那邊吃。」

「……老闆知道你這樣會哭的。」阿方有點哭笑不得。友人把店家介紹給虞因他們，很快地聿就會想辦法去複製人家的甜點，接著一太就可以向虞因點餐。

「我覺得老闆應該不會。」嚼著不甜不膩、調味剛好又顆粒飽滿的紅豆，一太有種感覺，老闆說不定完全不介意。

阿方聳聳肩，想著以後有機會再向老闆解釋好了。

栗子派在外面不太方便吃，所以離店後他讓小海先帶回去，手邊多買的鯛魚燒分給幾名比較熟的車主後，就剩兩份。

「小淵來了。」不遠處傳來聲音，幾名開車的車主圍著剛過來的小孩一陣笑鬧，最後才把人放過來。

林致淵好不容易突破包圍到兩位學長面前，話都還沒說就被塞了一個鯛魚燒，不小心捏了一下，就看見卡士達醬從魚的嘴巴冒出來。「……？」什麼惡趣味的鯛魚燒？

「原來還有這種機關嗎。」一太恍然大悟，仔細一看，魚嘴處果然刻意被做薄了、也有小洞，他伸手往阿方的鯛魚燒袋子一掐，死魚眼的鯛魚吐出起司醬。

「難怪比較貴。」阿方想到小黑板上的價錢，幸好他們現在是財富自由的成年人。

「這個卡士達好好吃。」林致淵舔了口魚嘴，意外醬料很合自己口味。

「下次再買。」一太點點頭，覺得鯛魚燒確實不錯，應該讓虞因他們也試試做這種的小點心。

阿方把自己的起司口味撕一半給沒事幹的一太，然後和學弟聊起來。

其實也沒什麼大事，就今晚這些車隊的老朋友們約一太等人出來看夜景，沒想到路上正好碰到小屁孩半夜不睡在飆車又起紛爭，然後小孩們就找了林致淵出來幫忙，一太就告訴學弟打完架過來吃宵夜。

先不管有沒有宵夜，反正一太喊人了，林致淵還是會跑這趟。

林致淵幾口把鯛魚燒吃完，打了個小小的哈欠。

「辛苦了。」阿方揉揉學弟的腦袋，偶爾也是覺得被抓交替的學弟滿可憐的，畢竟他其實沒想過要接一太的位子，一太在校時學生地盤拓得太大，以至於後面要頂替他的人壓力不小，幸好學弟堅強，被拽著拽著也扛起來了。

就是常常看起來沒什麼睡，好像會過勞死的樣子。

「還好，不過打工詐騙那事情的後續要拜託阿方學長了。」林致淵聳聳肩。

最近學校接連有學生在尋找打工時被騙，大多是錄取後才發現工作內容或工時不符，有的還用責任制無限拉長打工時間，或是下班後老闆繼續用手機疲勞轟炸，比較嚴重的更有利用個資或人頭進行非法行爲等等。

到林致淵手上的這件比較麻煩，是間外表看起來很正常的飲料店，徵人時薪也很普通，卻有女學生錄取後才發現裡頭有奇怪的交易，甚至遭到性騷擾，老闆強迫她必須迎合客人，差點因此被性侵。因爲錄取時給了店家基本資料，背後的人循著資料拿學生家人作威脅，學生年輕不敢報警，事情輾轉被朋友傳到林致淵這邊，讓林致淵費了一番工夫才把這群人弄出來打，順便回收學生被扣押的個資。

然而這種店都有後台，繼續深挖就會上升成社會事件，經歷夜半圍毆那事後，這件事情就轉交給一太他們處理。

林致淵沒問後續如何，反正學長們會弄好，他只要確保同學們的安全就行了。

看著雲淡風輕在吃點心的一太，林致淵深深思考著，再過兩年他要怎麼抓交替，把這些事務丟給下一個倒楣鬼……萬一找不到人呢？

想著想著，他感慨地看向阿方，突然覺得方學長其實滿厲害的，在校時候就把攤子丟給一太學長，反而不用去煩惱這些，計畫通啊！

「就算沒找到合適的人也沒關係，丟著不管，自然就會出現新的人選了，和養蠱一樣。」聽完這些煩惱的一太給了一個完全不太對的回應。「想要學生盤的人那麼多，他們自己會去爭，看不過去的也會去爭，所以不用想太多。」

「……所以我當初看起來很像想爭的人嗎。」林致淵滿頭黑線，他在高中頂多就是個熱心人吧！

「你狀況比較特殊，我那時候感覺非你不可。」一太拍拍學弟的狗頭。

好吧，問來問去最後都是這個神奇的感覺。

今天的林致淵依舊感到胃痛。

後面的車主零星地又遞來些零食點心，不知道爲什麼各式各樣的茶葉蛋一大堆，最後還來了個不明所以的碗裝泡麵。

「好啦，小孩子吃飽早點回去睡覺。」某位車主揮揮手。

捧著一堆蛋的林致淵很無言地看著也是位畢業學長的車主，這位大哥彷彿不記得他自己高中就深夜在外面飆車的事情。

不過林致淵確實也比較想回去趴床，現在回去的話到早上第一堂課前還有五、六個小時可睡，便隨著大家的催促和好意，乖乖地把食物打包好，邊打哈欠邊離開了。

「小淵眞的不錯。」阿方看著回宿舍的學弟，感嘆。「認眞負責，還很容易融入群體、得到信任。」

「下次再叫出來吃宵夜。」一太已經開始猜測下午工作室會出什麼點心，感覺好像會是自己喜歡的，他想想就拿出手機，留訊息給虞因預訂一份。

「說起來阿因他們上回聊到夜市有個攤位不錯，賣自製米苔目的，甜鹹都有，你應該有興趣。」翻找手機上的店家記錄，阿方思考著好像可買來當宵夜，正好晚上夜市會開。

一太點點頭。「嗯，可以去，似乎會發生有趣的事。」

「……」阿方突然覺得夜市有點危險。

不過，那也是吃下一頓宵夜時的事了。

到時候再見招拆招吧。

〈日常三兩事·宵夜篇〉完

案簿錄的四格小劇場

腳本/護玄
繪/Roo

甜點

早期與楊德丞簽下合作後，聿持續供應一定數量的甜點。
時至今日，這個合作依然持續。
不過偶爾也會有想偷懶的時候。
手工冰淇淋
連續給七天冰淇淋沒關係嗎？
沒關係。
反正他們也很開心

努力一天偷懶七天

受害者

玖深怎麼了？
這次被那些布偶和符咒嚇的。還有女屍。
我！從現在開始要做一個眼力不好的人！再也不要當第一個被嚇的了！
不可能啦，這樣你就失業了。
你只能放開心胸接受它
不要啊啊啊啊啊啊啊啊

職業基本需求：絕佳的眼力

後遺症

事件過後，東風被曝光的相片引起網路討論。
這真人嗎？
猜一個原圖八十公斤。
根本合成圖！
真人五樓表演倒立吃屎。
拜請網友通靈肉搜！
靠杯喔！
真人我請吃滷肉飯。
還好很多人都覺得是修圖。
不像人也是有好處。
……
小東仔～
怎麼可以背著我們偷偷成仙呢！再拍一次吧！
我們也要看現場！
拍啦拍啦拍啦拍啦～
還是殺了吧。

最大的後遺症就在身邊

振作者

身心振作大法作用中

反省

學弟的想法趨向危險

國家圖書館出版品預行編目資料

窺視：案簿錄．浮生. 卷四 / 護玄 著.
——初版.——台北市：蓋亞文化，2022.11
面；公分.

ISBN 978-986-319-703-4（平裝）

863.57 111016125

悅讀館 RE404

窺視 案簿錄．浮生 卷四

作　　者　護玄
插　　畫　AKRU
四格漫畫　Roo
封面設計　莊謹銘
主　　編　黃致雲
總 編 輯　沈育如
發 行 人　陳常智
出 版 社　蓋亞文化有限公司
地址：台北市103承德路二段75巷35號1樓
電話：02-2558-5438　傳真：02-2558-5439
電子信箱：gaea@gaeabooks.com.tw
投稿信箱：editor@gaeabooks.com.tw
郵撥帳號 19769541　戶名：蓋亞文化有限公司
法律顧問　宇達經貿法律事務所
總 經 銷　聯合發行股份有限公司
地址：新北市新店區寶橋路二三五巷六弄六號二樓
電話：02-2917-8022　傳真：02-2915-6275
港澳地區　一代匯集
地址：九龍旺角塘尾道64號龍駒企業大廈10樓B&D室
電話：+852-2783-8102　傳真：+852-2396-0050
初版一刷　2022年11月
定　　價　新台幣 299 元
Published and printed in Taiwan

ISBN 978-986-319-703-4

RE404
GAEA

窺視

案簿錄・浮生 卷四

蓋亞文化　讀者迴響

感謝您在茫茫書海中選擇了蓋亞，您的支持是我們最大的動力。
不要缺席喔，讓我們一起乘著夢想的羽翼，穿越時空遨遊天地！

姓名：	性別：□男□女	出生日期：　年　月　日
聯絡電話：	手機：	
學歷：□小學□國中□高中□大學□研究所		職業：
E-mail：		（請正確填寫）
通訊地址：□□□		
本書購自：　　縣市　　書店		
何處得知本書消息：□逛書店□親友推薦□DM廣告□網路□雜誌報導		
是否購買過蓋亞其他書籍：□是，書名：		□否，首次購買
購買本書的動機是：□封面很吸引人□書名取得很讚□喜歡作者□價格便宜□其他		
是否參加過蓋亞所舉辦的活動： □有，參加過　　場　□無，因爲		
喜歡出版社製作什麼樣的贈品： □書卡□文具用品□衣服□作者簽名□海報□無所謂□其他：		
您對本書的意見： ◎內容／□滿意□尚可□待改進　◎編輯／□滿意□尚可□待改進 ◎封面設計／□滿意□尚可□待改進　◎定價／□滿意□尚可□待改進		
推薦好友，讓他們一起分享出版訊息，享有購書優惠 1.姓名：　e-mail： 2.姓名：　e-mail：		
其他建議：		

廣告回信 郵資免付
台北郵局登記證
台北廣字第00675號

TO：蓋亞文化有限公司　收

103 台北市承德路二段75巷35號1樓